中華古籍保護計劃

成　果

《書目題跋叢書》工作委員會

主　　任：饒　權

委　　員：吴　格　張志清　陳紅彦　俞國林　林世田　王紅蕾

李　雲　李國慶　劉　冰　劉　薔　羅　琳

《書目題跋叢書》編輯委員會

主　　編：吴　格　張志清

副 主 編：陳紅彦　俞國林　林世田

常務編委：馮　坤　鄭小悠　劉　明

編　　委：陳先行　杜澤遜　眭　駿　孫　彦　王紅蕾

書目題跋叢書

嬰闇題跋

秦更年 撰
秦蓁 整理
吴格 審定

中華書局

圖書在版編目(CIP)數據

嬰闇題跋/秦更年撰;秦蓁整理;吴格審定. —北京:中華書局,2019.6
(書目題跋叢書)
ISBN 978-7-101-13527-5

Ⅰ.嬰… Ⅱ.①秦…②秦…③吴… Ⅲ.題跋-作品集-中國-近代 Ⅳ.I265.2

中國版本圖書館 CIP 數據核字(2018)第 248541 號

本書出版得到國家古籍整理出版專項經費資助

責任編輯:劉 明

書目題跋叢書
嬰闇題跋
秦更年 撰
秦 蓁 整理
吴 格 審定
*
中華書局出版發行
(北京市豐臺區太平橋西里 38 號 100073)
http://www.zhbc.com.cn
E-mail:zhbc@zhbc.com.cn
北京瑞古冠中印刷廠印刷
*
850×1168 毫米 1/32 · 9¾印張 · 2 插頁 · 180 千字
2019 年 6 月北京第 1 版 2019 年 6 月北京第 1 次印刷
印數:1-1500 册 定價:48.00 元

ISBN 978-7-101-13527-5

《書目題跋叢書》編纂説明

中華民族夙有重視藏書及編製書目的優良傳統，並以「辨章學術，考鏡源流」作爲目録編製的宗旨。

漢唐以來，公私藏書未嘗中斷，目録體制隨之發展，門類齊全，蔚爲大觀。延及清代，至於晚近，書目題跋之編撰益爲流行，著作稱盛。歷代藏家多爲飽學之士，竭力搜采之外，躬親傳鈔、校勘、編目、題跋諸事，遂使圖書與目録，如驂之靳，相輔而行。時过景遷，典籍或有逸散，完璧難求，而書目題跋既存，不僅令專門學者得徵文考獻之助，亦使後學獲初窺問學門徑之便。由是觀之，書目建設對於中華古籍繼絶存亡、保存維護，厥功至偉。

上世紀五十年代，古典文學出版社、中華書局等曾出版歷代書目題跋數十種，因當年印數較少，日久年深，漸難滿足學界需索。本世紀初，目録學著作整理研究之風復興，上海古籍出版社、中華書局分别編纂《中國歷代書目題跋叢書》及《書目題跋叢書》，已整理出版書目題跋類著作近百種。書目題跋的整理出版，不但對傳統學術研究裨益良多，與此同時，又在當前的古籍普查登記、保護研究等領域發揮了重要作用。

二〇一六年，經《中國歷代書目題跋叢書》第四輯主編、復旦大學吴格教授提議，由國家古籍保護中心聯合中華書局及復旦大學，全面梳理歷代目録學著作（尤其是未刊稿鈔本），整理目録學典籍，將其作爲調查中國古籍存藏狀況，優化古籍編目，提高整理人才素質的重要項目，納入中華古籍保護計劃框架。項目使用「書目題跋叢書」名稱，由國家古籍保護中心統籌管理，吴格、張志清兩位先生分司審訂，中華書局承擔出版。入選著作以國家圖書館所藏書目文獻爲基礎，徵及各地圖書館及私人藏本，邀請同道分任整理點校工作。出版采用繁體直排，力求宜用。

整理舛譌不當處，敬期讀者不吝指教，俾便遵改。

《書目題跋叢書》編委會

二〇一九年五月

整理説明

《嬰闇題跋》四卷，秦更年撰。更年字曼青，亦作曼卿，號嬰闇居士，别署石藥翁、東軒等，江都人。生於清光緒十一年（一八八五），幼時失怙，母延師課讀，以家貧，命傭書自給。少即能詩，亦善繪畫，入揚州冶春後社，得鄉先輩之指授。長而供職於粤、湘、滬等地銀行數十載，專司箋札及總務。晚年寓居滬上，一九五四年入上海文史館爲館員，卒於一九五六年，年七十二。所著已刊者除《題跋》外，尚有《嬰闇詩存》四卷附詩餘一卷、《嬰闇雜俎》三種、《漢延熹西嶽華山廟碑續考》三卷等。

更年自云：「喜治目録版本之學，得錢輒市書。」早年在湘中，嘗從葉郎園德輝游，尤與郎園二侄啟勳、啟發相友善，遂精流略。後轉徙多方，所得古刻名抄漸夥，歷三十年，積萬餘卷，聲名大著，時謂「北有藏園，南得嬰闇」。購藏之外，又參與校刻舊籍，《韓詩外傳》《友林乙藁》《漢學堂叢書》等甫一刊成，學界即奉爲善本。書籍之外，又好鼎彝碑版、書畫古泉，而印譜蒐儲之富，幾六百餘部，堪爲當世第一人。

更年嘗謂趨尚雅近明季清初吴中藏書家葉石君，於庋架群籍，徧加題跋，册尾書頭，硃墨燦然。民國二十一年（一九三二）友人陳灨一創辦《青鶴》半月刊，乃命鈔胥漸次録出，以「嬰闇書跋」爲題，刊布雜誌中，惟不及三十篇，即告中輟。更年卒後，其子曙聲搜索篋存遺書、碑帖，迻録題跋，又承父執輩袁佐良、吴仲珺等鈔示佚文，凡得三百篇，釐爲四卷，尹石公一九五九年十一月爲作序，周大烈書後，交由文史館同人戴果園刻板油印刊行。此本文字校勘頗爲精確，書版行字亦精整悦目，更年一生校讎金石之學，悉萃於是矣。

今吴致之格師編刊《書目題跋叢書》，選目及於《嬰闇題跋》，因命蓁以油印本爲據，點校一過，收入叢書。更年身後藏書散失，珍善之本多歸上海圖書館及南開大學圖書館，悉有跋尾，乃將其中未見於油印本者十餘篇，並《青鶴》所刊溢出油印本者四篇，輯爲《新輯》一卷，附載書末云。

二〇一八年九月錫山秦蓁謹識

序

《嬰闇題跋》四卷，吾友江都秦曼青先生遺稿，哲嗣曙聲搜輯蠶叢，裒合而成編者也。迹其諟正羣書，審定版刻，則取法錢遵王、錢警石；其博收兼本，竺嗜舊槧，則矜尚黄蕘圃、顧千里；其辨章學術，沿流討源，則私淑汪容甫、阮伯元，蓋淹有考訂、校讎、收藏、賞鑑四家之勝，而一以貫之。至于金石之學，尤平生精力所萃，自翁正三下逮羅叔言之所纂著，無不揚榷而掌録之，其中于張叔未、陳簠齋尤深契焉。至于評隲墨妙，雋上簡古，則淵源于《惜抱軒法帖題跋》爲多，間亦浸淫王虚舟《竹雲題跋》、姜西溟《湛園題跋》兩家，汪研山、吴平齋以下，則無論矣。思維揚州學派，寖已陵夷，嬰闇晚出，實爲大殿，五十年中，罕與抗手，然非得曙聲劬勞結集，即其書滿家，孰得而見之。昔昌黎所謂莫爲之後，雖盛弗傳，豈不信哉。寫印既竣，屬記緣起，不辭荒落，輒申膚末如右。若夫每立一説，繁偁博引，有似秦近君之説《堯典》，則承乾嘉以來樸學家實事求是之師法，媿不能一二其詳，庶有達者，自覽其切也。

一九五九年十一月尹石公識于上海之假借居

目録

序……尹文 一
嬰闇題跋卷一
老子鬳齋口義二卷…… 一
道德真經集義殘本四卷舊鈔本…… 二
跋老子列子後…… 三
墨子十五卷乾隆刻本…… 四
墨子…… 六
日本正平本論語集解…… 七
論語筆解二卷明范氏天一閣刊本…… 九
楊子法言十三卷石研齋仿宋刻本…… 九
太玄經集注十卷陶氏五柳居刊本…… 一〇
性理羣書句解元槧本…… 一一
逸周書補注殘本七卷原稿本…… 一一
儀禮鄭注十七卷嘉靖徐刻…… 一三
周禮殘本八卷…… 一七
宋刻巾箱本禮記殘本…… 一八
禮記注疏朱秋崖過録惠校本
南監本即李元陽本…… 二〇
夏小正戴氏傳附經傳集解…… 二二
春秋經傳集解…… 二三

戰國策十卷明嘉靖仿宋刊
汪文端評校本……二四
漢書補注……二五
漢史億……二六
新唐書糾繆二十卷常熟趙氏刻本……二七
南唐書注十八卷……二七
國朝名臣事略十五卷景寫元本……二九
國史儒林傳擬稿寫本……三〇
阮元列傳一卷舊鈔本……三一
吳中先賢品節手稿本……三二
水經注……三三
欽定職方全圖六册內府銅板本……三四
元秘書監志十一卷精鈔本……三五
思適齋書跋四卷……三五
里堂書跋二卷手稿本……三六
郘亭知見傳本書目……三七
書目答問……三八
説苑二十卷臨姚彥侍校宋本……三八
又影印劉申叔藏宋刊本……三九
韓詩外傳十卷……三九
詩外傳十卷校元本……四〇
世説新語六卷……四一
洛陽伽藍記五卷集證一卷
李葆恂刻本……四二
乙巳占……四三
封氏聞見記十卷純白齋黑格抄本……四四

渚宮舊事五卷舊寫本……………………………………四五
蜀川紀略一卷蜀檮杌一卷
錦里耆舊傳四卷……………………………………四六
澠水燕談録十卷抄本……………………………………四七
羅氏識遺十卷影宋抄本……………………………………四八
默記三卷舊抄本……………………………………四九
倪石陵書一卷抄本……………………………………五〇
畫繼十卷明繙宋本……………………………………五〇
武林舊事舊抄本……………………………………五二
澄懷録二卷吴枚庵抄校本……………………………………五三
澄懷録……………………………………五三
竊憤録一卷續録一卷舊抄本……………………………………五四
日知録卅二卷黄氏刻本……………………………………五五
讀書證疑六卷附六九齋饌述稿四卷
原刻本……………………………………五六
讀韓記疑十卷嘉慶五年原刻本……………………………………五七
大唐類要……………………………………五八
潁本蘭亭帖……………………………………五九
玉枕蘭亭半間堂刻本……………………………………五九
爲吴静安題翁覃溪縮臨定武蘭亭……………………………………六〇
硯刻覃溪書蘭亭序……………………………………六一
蘭亭續考二卷朱竹垞手寫本……………………………………六二
王右軍告誓帖……………………………………六三
白玉版十三行……………………………………六三
薛刻書譜……………………………………六四
爲劉範吾跋安刻書譜……………………………………六五

嬰闇題跋卷二

泉州本淳化閣帖……六七
肅藩本淳化閣帖順治三年搨本……七三
法帖釋文考異十卷鈔本……七六
欽定淳化閣帖釋文十卷吴氏刊本……七六
法帖刊誤二卷附一卷舊寫本
盧抱經校……七七
真賞齋帖……七七
晚香堂蘇帖……七八
寶晉齋殘帖……七八
味古齋惲帖……七九
廣川畫跋六卷明嘉靖楊慎刊本……八〇
郁氏書畫題跋記十二卷
道州何氏校舊鈔本……八〇
書畫題跋記……八二
跋唐人寫蓮花經殘冊……八二
國朝畫家書卷弟三……八三
又卷弟四……八三
何子貞手書七家詩真蹟二冊……八四
構山使蜀日記……八六
爲吴仲坰題陳孝堅書聯附牋……八七
默齋居士臨帖……八七
跋傅藏園手札……八八
朱亦奇臨靈飛經……八九
李柯溪録徐青籐詩……八九
題顧弢菴畫冊……九〇

爲吴静安臨新羅小幅……九〇
臨梅耦長山水畫册……九一
題吴興孫慕唐方寸山水小手卷……九一
吴寄山畫蘭小幀……九二
龕山女士畫卷……九三
爲吴静安題南蘋夫人畫梅册……九四
題君諸潘然花卉長卷……九四
題蕭謙中山水册頁……九五
跋程瑞伯江山卧遊圖卷乙丑正月……九五
爾雅正義……九六
廣雅疏證十卷……九七
埤雅二十卷明刊本……九八
説文引經考校本……九九
説文古籀補十四卷補遺一卷
附録一卷初刻本……九九
六書正譌五卷元刊本……一〇一
周秦名字解詁二卷……一〇一
毛詩異義……一〇二
楚辭十七卷明仿宋本……一〇三
楚辭集註八卷後語六卷……一〇五
離騷集傳影宋本……一〇六
離騷賦雜文一册丁道久手鈔本……一〇六
花間集十卷正德刻本……一〇七
絶妙好詞箋七卷……一〇九
九僧詩一卷舊鈔本……一一〇
天下同文前甲集四十三卷舊鈔本……一一一

元文選目一册鈔本……一二
六朝文絜……一三
陶詩四卷……一三
陶詩彙注四卷拜經堂刊本……一三
顔魯公集嘉慶七年刻本錢衎石儀吉手校……一四
韋蘇州集十卷……一五
李商隱詩集三卷石印本……一六
玉川子詩集二卷集外詩一卷舊鈔本……一七
魚玄機詩……一八
笠澤叢書碧筠艸堂顧楗刻本……一八
笠澤叢書四卷碧筠艸堂仿元刻初印本……二二
黄御史集……二三
杜詩詳注……二五
林和靖先生詩集四卷附省心録一卷校本……二六
蘇學士集校本十五卷……二六
王注蘇詩三十二卷録查初白評點本……二七
斜川集六卷附録一卷乾隆丁未趙懷玉刊本……二八
晁具茨詩箋……二八
朱晦庵文鈔七卷……二九
滹南遺老集四十五卷舊鈔本……二九
葛侍郎歸愚集鈔本……三〇

樂圃餘稿十卷……一三一
白石道人詩詞集跋……一三一
白石道人詩集二卷集外詩一卷
　詩說一卷歌曲四卷歌曲別集
　一卷高郵宣氏刊本……一三四
白石行實考……一三四
方泉詩集舊鈔本……一三六
松鄉集十卷鈔本……一三六
僑吴集……一三七
存復齋集舊鈔本……一三八
滋溪文稿三十卷舊鈔本……一三九
篁墩文粹二十五卷明弘治刻本……一三九
奇零艸二卷續艸一卷舊鈔本……一四〇
棗下小集一卷原刻本……一四二
遺山堂詩精鈔本……一四二
陋軒詩六卷康熙間方氏刻本……一四三
湛園未定稿八卷二老閣刻本……一四四
重印江都汪氏叢書序……一四四
述學三卷劉端臨校刊本……一四六
述學六卷……一四七
惜抱軒詩集十卷原刻初印本……一四七
惜抱先生尺牘八卷海源閣刻本……一四八
淵雅堂集二十卷……一四八
淵雅堂未定稿……一四九
養素堂文集一册未刻稿本……一四九
龍川詩鈔鈔本……一五一

紅薇翠竹詞一卷仲軒詞一卷紅薇翠竹詞箋注自記一卷劉淮年手抄本……一五一
水雲樓詞二卷續一卷刻本……一五二
一漚吟館選集二卷……一五三
養拙山房詩集序……一五四

嬰闇題跋卷三

金石録雅雨堂刊本……一五七
金石目録八卷……一五七
金石經眼録……一五九
寶刻類編十卷盧抱經手校舊鈔本……一六〇
金薤琳琅二十卷……一六〇
兩漢金石記……一六一
鳴野山房彙刻帖目四卷鈔本……一六二
石墨鐫華……一六三
秦漢印統八卷明刻本……一六四
秦漢印章拾遺……一六五
西京職官印録……一六六
集古官印考證目録一册鈔本……一六七
濟寧印譜四册鈐拓本……一六七
顧氏集古印譜跋……一六八
陳𧇍齋印集……一六九
福山王氏海上精舍藏印記……一七〇
吴梓林先生印譜……一七二
吴仲坰印稿序……一七三
郭齋宋元押印存……一七四
攀古廔藏器目一卷吴清卿手寫本……一七四

石刻便覽摘鈔……一七五
沈澫莊手寫石門碑醳……一七五
癖好堂金石書目鈔本……一七七
古金録影寫本……一七八
古韻閣寶刻録一册摘鈔本……一七八
國山碑考羅以智校魏稼孫手寫本……一八〇
匋齋藏瓦記五卷抄本……一八一
求古精舍金石圖二册刻本……一八二
西嶽華山廟碑續考序……一八三
焦山鼎銘考一卷覃溪手寫刻本……一八四
唐賜鐵券考舊寫本……一八四
天發神讖碑考……一八五
續語堂雜鈔一卷魏氏寫本……一八五
商周文拾遺三卷鈔本……一八六
漢隸拾遺一卷徐子遠手鈔本……一八七
華山碑考四卷石氏古歡閣刊本……一八七
西嶽華山廟碑續考跋……一八八
湖北金石志十四卷通志抽印紅樣本……一九〇
粵東金石略……一九一
益都金石記四卷丁氏原刊本……一九二
清儀閣碑目……一九二
金石遺文録目録一卷鈔本……一九四
宋石經二卷附宋太學石經記一卷
葉啓發傳録翁覃溪手稿本……一九四
養素堂文集金石跋尾嬰闇手鈔本……一九五
漢石經室金石跋尾……一九五

廣川書跋校本……一九六
石門碑醳跋……一九七
劉球隸韻十卷初印本……一九八
古泉圖録……一九九
金石古文考……二〇〇
汪本隸釋刊誤……二〇一
十鐘山房印舉殘册……二〇二
廟堂碑考……二〇三
古鉩印文傳……二〇四
印蒴……二〇五
跋焦里堂印……二〇五
跋畢既明刻印……二〇六
吴讓之先生印存……二〇六
秦漢印叢……二〇七
爲葉潞淵題古鉩印文傳……二〇七
端谿硯史三卷許氏刻本……二〇八
端石考一卷蟫隱廬刊本……二〇八

嬰闇題跋卷四

盂鼎釋文……二〇九
汪拓石鼓……二一一
漢石經殘字摹本……二一三
漢石經論語堯曰篇殘字……二一三
魏正始三體石經……二一三
魏正始石經殘字尚書一卷春秋一卷
海寧陳氏影印……二一四
禮器碑……二一五

西嶽華山廟碑……二六
劉熊碑……二六
漢曹景完碑……二七
漢孔文禮碑舊拓本……二八
漢故博陵太守孔府君碑前附翁氏
重刻十三字殘碑……二九
漢祀三公碑天放樓舊藏……二九
漢故圉令趙君之碑……三〇
孟琁殘碑……三一
漢溧陽長潘乾校官碑……三一
爲吴仲坰題漢竹葉碑……三三
漢石叢殘子游碑……三四
德州二高碑……三四
又一本……三五
二金蜨堂雙鈎漢刻十種……三五
漢沙南侯獲刻石鈎本……三六
曹真斷碑初拓本録徐星伯太守跋……三六
魏曹真碑……三七
天發神讖碑道州何氏舊藏本……三七
晉任城太守孫夫人碑録金桒跋……三八
瘞鶴銘……三八
隋開皇紀功碑……三九
隨首山栖巖道場舍利塔碑……四〇
馬鳴寺碑……四一
刁惠公志……四二
蘇孝慈墓誌銘……四三

姜行本頌……二三四
六朝造像……二三四
隋造象記……二三五
爲吴仲坰題北齊石龕門銘……二三五
題北周比丘尼曇樂造象……二三六
俊皇堂郡曹侯……二三六
孟阿妃造象……二三七
北齊王神通造象……二三七
北齊造像訟……二三八
故李功曹墓銘……二三九
白佛山山洞造象題名……二三九
皇甫碑……二四〇
舊拓唐雲麾將軍李思訓碑……二四〇
唐閻好問墓誌銘……二四一
唐龐德威墓誌銘……二四一
周鞏賓墓誌銘……二四二
華嶽廟唐人題名……二四二
夫人程氏塔銘……二四三
孔穎達碑……二四五
黄庭堅七佛偈……二四五
黄涪翁黔州題名……二四六
舊拓石淙題名……二四七
舊拓石淙詩序……二四八
宋孝宗御書與二吾手札合裝……二四九
宋仲温七姬志……二四九
唐景龍觀鐘銘……二五〇

唐搨武梁祠畫象……二五〇
車枕洛造像……二五一
鐵雲藏龜四册原片拓本……二五二
盫齋藏古封泥二册原拓本……二五三
盫齋范拓……二五三
盫齋古匋拓本二册……二五四
弘璧……二五四
秦權……二五五
秦瓦量殘字……二五五
跋秦始皇詔瓦量殘字三十二種……二五六
茈虒杅詣瓦……二五七
爲吴仲坰題漢書言府左澂二弩鐖拓本……二五八
晉元康磚……二五九
石梅錫壺録序……二六〇
揚州城磚拓本……二六一
爲吴仲坰題隋當陽鐵鑊……二六一
張氏清儀閣舊藏晉永嘉磚宋人題名墨本合册……二六二
看篆樓鑒藏古銅印譜……二六三
百漢碑研圖初搨本……二六三
懷米山房吉金圖二册初拓本……二六六
翠微亭題名拓本……二六六
墓銘舉例四卷舊寫本……二六七
嬰闇題跋書後……周大烈 二六九
嬰闇居士自序……二七一

嬰闇題跋新輯

漢雋宋刻本 …… 二七三
李義山詩集朱鶴齡注本 …… 二七四
笠澤叢書碧筠草堂本 …… 二七五
藏書紀事詩 …… 二七六
禮箋三卷清乾隆刻本 …… 二七八
司馬氏書儀十卷清雍正刻本 …… 二七八
六書音均表五卷阮元校本 …… 二七九
觀妙居日記不分卷清嘉慶鈔本 …… 二七九
書目答問四卷叢書目一卷別録一卷國朝著述諸家姓名略一卷輶軒語七卷清光緒刻本 …… 二八〇
竹汀先生日記鈔二卷清光緒刻本 …… 二八〇
雪堂遺墨一卷手稿本 …… 二八一
新編音點性理群書句解前集二十三卷元刻本 …… 二八二
齊民要術十卷雜説一卷清光緒刻本 …… 二八二
淮南子二十一卷清乾隆刻本 …… 二八三
佛説大乘造像功德經二卷宋刻本 …… 二八四
重刊校正笠澤叢書四卷補遺一卷續補遺一卷清大疊山房刻本 …… 二八五
危太僕雲林集不分卷清鈔宋犖跋本 …… 二八六
述學内篇三卷外篇一卷清刻本 …… 二八六
松鄰遺集十卷民國刻本 …… 二八六
聲畫集八卷 …… 二八七

昭忠逸詠一卷補史十忠詩一卷宋遺民廣録姓名總目一卷謝皋羽天地間集一卷清鈔本……二八七
江西詩社宗派圖録一卷清趙氏小山堂鈔本……二八八
唐賈浪仙長江集十卷明刻本……二八八
漢刻五種……二八九

先君子于學無不窺，于書無不蓄，自經史百家以及稗説，亦無不藏弆而掌録之也。其所篤好，尤以流略版本、金石目録爲最。其見於作者，有《西嶽華山廟碑續考》，有《嬰闇題跋》《嬰闇詩詞》，有《姚黄集輯》，有《研史簡端記》；其與人雕版合印者，有校元刊本《韓詩外傳》；其選工影寫鋟木者，有宋刊《友林乙藁》；其修版補刻取足者，有黄奭《漢學堂叢書》；其與人搜討而結集匯印者，有《江都汪氏叢書》；其修補原版而監印者，有《三唐人集》暨《京本通俗小説》；又搜訪遺藁而開版者，有陳若木《一鷗吟館選集》；其爲人開版而監印者，有李子鈞《鴻軒詩藁》；又有石印原刻屠琴塢《是程堂集》。綜上羣書，衹《西嶽華山廟碑續考》手自勒成，流布最早，而《姚黄集輯》《研史簡端記》雖有定本，亦未發表。至若羣書題跋，大率寫在封面或副葉前後，亦有寫在簡牋或斷片上，夾在書中，更有書非己有，或爲人審定，或暫記留藁，散諸篋衍，未知所繫者。至于詩詞，祇民國三年手訂《嬰闇詩存》一卷，餘皆零星碎紙，隨手雜厠，未再續録。兹就几案之上，篋衍之内，橱櫃箱櫝，無不搜索務盡，荏苒年餘，掇拾排比，始得題跋三百篇，成《嬰闇題跋》四卷，詩詞亦三百餘首，成《嬰闇詩詞》四卷。至其一題數藁，一藁數改，塗抹鈎乙，迴易越行，往往擬議彌綸，張皇文句，罔敢寫定。重承吴眉孫、尹石公兩丈指示義據，財得共理相貫，而袁佐良、吴仲珺、梅鶴孫、周迪前諸老鈔示佚文，拾遺正誤，所獲良多。又荷老友程勉齋一行十目，冥心讐校，始告斷手。自維末學，于先人遺書多所未喻，若非吴尹兩丈首倡集稿，諸君子往復策厲，寧有殺青之望。此則檮昧之懼，與紉感之情，惕然與斯編俱積者也。一九五八年中秋，嗣子曙聲謹識〔一〕。

〔一〕此識語原繫底本目録之後，今目録重編，存此備考。

嬰闇題跋卷一

老子鬳齋口義二卷

孫淵如先生星衍《孫祠書目》載《老子鬳齋口義》二卷，宋本。孫祠藏書於咸豐以後大半歸之湘潭袁漱六芳瑛，此本卷首有「袁氏卧雪廬藏書」及「孫氏萬卷樓印」兩朱記，蓋即《祠目》所載之本也。其最初藏印爲「濮陽李廷相書屋記」，按廷相字蒲汀，錦衣衛籍濮州人，弘治壬戌進士，累官户部尚書兼太子賓客，贈太子太保，謚文敏，《天禄琳琅》元花谿本《松雪齋集》、《拜經樓題跋記》宋本《王注蘇詩》皆有其藏印，是亦當時一大藏家也。長沙書友劉華林爲余收得，蠹損已甚，令其子精心補綴，頓還舊觀，紙力猶足支數百年，後之人其寶之。

道德真經集義殘本四卷舊鈔本

右《道德真經集義》殘本四卷，明危大有撰。凡取河上公以次迄吴草廬十二家之説，擇其尤善者編集而成。明以來公私著録，惟范氏天一閣載有藍絲闌鈔本。黄氏《千頃堂書目》於有明一代著述搜羅最富，亦無此書，他更無論矣。危氏自序云上下二卷，范目云六卷，已非原第。此本四卷二十九章，才得全書三之一，以此推之，當有十二卷，疑范氏所藏殆亦非完書耶。此本有周櫟園、張杞園藏印，其一二三卷皆在首頁，惟四卷在末頁，是在彼時便止四卷，蓋佚而僅存者也。殘圭斷璧，彌可寳已。

卷首有「陳舒之印」一印，其人即周櫟園《讀畫録》所稱道山者是也。道山初隱姓名，客南翔。時茗有陳舒字元舒者，貌與相類，或誤以原舒呼之，遂襲其姓名，居白下廿餘年。有潔癖，詩畫翛然絶俗。丙寅秋八月，更年又記于睡足軒。

跋老子列子後

《纂圖互注老子道德經》二卷，題「河上公章句注釋」，自「體道」至「顯質」八十一章，目録分作四卷。前有葛玄《道德經序》《老氏聖紀圖》《混元三寶圖》《初真内觀静定圖》《金丹圖》，卷中有「重意」、「重言」、「互注」、「解曰」者，均非本注，用黑蓋子别之。黑口版，每葉廿二行，行廿一字。

《冲虚至德真經》八卷，次行題「列子張湛處度注」，前有張湛《列子序》，《冲虚真經目録》題「唐當塗縣丞殷敬順釋文」，目録後有劉向《校上列子奏》。黑口版，每葉廿二行，行廿一字。

自《老子》以下巾箱本六子，皆南宋坊間所刻。

此本乃陽湖孫淵如先生星衍舊藏，載在《孫祠書目》，《平津館鑒藏書籍記》考證尤詳，兹節録如右。彼時六子完全無恙，今僅餘此二種，《莊》《荀》《揚》《中》不知流轉何處，安得復出人世，入我之手，以爲延津之合耶。跂予望之矣。辛酉秋仲，嬰闇記于海上寓舍之睡足軒。

曩在長沙葉氏觀古堂借觀元刊《纂圖互注六子》，雕鏤較精，而無此樸茂。孫氏南宋坊刻之説，信不誣也。嬰闇又記。

《老子·異俗篇》「如春登臺」，不作「如登春臺」，與易州石幢本合。

墨子十五卷乾隆刻本

瑞安孫詒讓撰《墨子閒詁》，依據畢氏刊本，旁摭王念孫、引之父子、張惠言、蘇時學、顧廣圻、洪頤煊、俞樾、戴望諸家之説，參訂成書，唯以孫志祖《讀書脞録》云《墨子》《經》、《説》四篇，丁小疋與許周生互相闡繹，大有端緒，頗以未見丁許二家校本爲憾。曩余客湘，購得此本，卷首識云：「嘉慶壬戌臘月送竈日，以火德廟《道藏》本對校一過。」署名宗彦，蓋即許周生校本也。凡此本與《道藏》異同，悉爲標出，間以己意推闡發明，如《所染》篇「五入必，而已則爲五色矣」，校云：「『必』疑通『畢』。」《七患》篇『畢』據《藝文類聚》增。」「五穀不孰謂之大侵」句，校云：「《類聚》涉傳文而誤，不當據增。」《明鬼》下「且禹書獨鬼而夏書獨不鬼」，校云：「『禹』疑『商』。」《非樂》上「多聚升粟」句下，校云：「疑脱『是故升粟』四字。」均與孫引諸説闇合。又《節葬》下「譬欲使人三睘而毋負己也」，校云：「『三睘』疑『北轅』。」《經説》下「猶氏霍也」句下，校云：「上『霍爲姓故也』五字疑當在此。」則爲諸家讐議所不及。他所校改，亦多是正，惜不爲孫氏所見也。又《魯問》篇「誅者，道死人之志也。今因説而用之，是猶以來首從服也」，夾籤校云：「首如律家自行首罪之首，言死人之志若非善因而誅之，是反彰其罪也。猶人之自來首罪者，從而服刑也。」此條非許氏所校，不知出自誰手，以其足備一説，故併箸之，世有治墨學者，皆得以取資焉。太歲在壬戌，十一年八月十八日，校讀既竟，因識於後，距許氏校時甲幹再周矣。江都秦更年曼青甫，時在上海愛文義路寓舍。

《魯問》篇中校簽，重裝時爲書工失去，幸拙跋録之，得存其説。是簽原係墨筆，與卷一《法儀》篇眉間墨書一條楷法相同，今細審之，亦周生筆也。前跋誤謂不知出自誰手，識此正之。癸亥仲冬，嬰闇又書。

許宗彦字積卿，又字周生，浙江德清人。嘉慶己未進士，授兵部主事，觀政兩月即假歸，絶意進取，顔其齋曰「鑑止水」以見志。杜門著書，垂二十年。生平寡嗜好，惟喜購異書，不惜重值。於書無所不窺，旁及道藏釋典，名物象數，必躋其奥而後已。尤精天文，自製渾金球，别具神解。所著《鑑止水齋文集》十二卷，詩八卷。集多説經之文，其學説能持漢宋儒者之平，阮文達目爲通儒，陳恭甫謂足躡梨洲而跨堇浦，蓋非阿好云。卒年五十有一。節抄先生事略。

墨子

《墨子》無宋元舊槧，諸家著録皆明刻，一唐堯臣本，一陸穩本，一江藩本，一芝城館活字本，一茅坤本。葉郎園言：「唐、陸係一本，但序載年月有先後，非有二刻也。江藩、芝城兩本並依唐本刊印，蓋皆出於一源也。」又言：「日本寶暦七年當吾國乾隆二十二年，重刻茅本，卷首頁題面有識語云：『本坊近得宋本，愬鹿門茅先生斧正，讐加校刻，並無訛贋。書林童思泉識。』又有茅坤序，實取陸穩序竄易其名耳」云云。余以爲鹿門夙工文，何至攘人之序，心竊疑之。今得此茅本，無序無書林識語，但取韓文公《讀墨子》一篇，以楷書列之，冠於卷首。然後知書林乃從此本覆刻，又益以陸序，因鹿門有盛名於時，遂易其名以射利，蓋書估之愚也。然不見此茅刻原本，亦無以祛僞而爲鹿門剖誣。惜乎郎園不可復作，不能相與賞析，擊節稱快耳。近人楊星吾、繆藝風並盛稱此本，蔣香生則謂《墨子》以日本舊刊爲最善，蓋指寶曆本而言，不知彼已再翻，此乃其祖本也。特上舉各本並十五卷，相傳舊抄有作三卷者，此獨六卷，又每篇各爲起訖，與他本迥異，其亦有所本焉否耶。顧鹿門未有序跋，不能得其詳矣。嬰闇跋。

日本正平本論語集解

日本正平本《論語集解》十卷，相傳出於六朝卷子本，在今世爲最古。吾國自錢遵王始載入《讀書敏求記》，詫爲書庫中奇本。後其書歸黄蕘圃，轉歸張月霄，亦著於録。至光緒乙酉黎蓴齋使日，楊星吾爲覓得元刻，覆刊入《古逸叢書》，流傳始廣。近葉奐份得顧千里舊藏文化十年市野光彦翻刻本，借印入《四部叢刊》，即涵芬樓矜爲古刻者也，有跋載《郎園讀書志》，此外藏家别無記載。辛未三月，余於海上購獲是本，同時並得文化覆刻殘本二册，前有狩谷望之序，後附光彦所撰校記一卷，識語有云：「光彦所嘗見猶有三本，至亦所希有也。」據此知此本爲正平無跋本，蓋初印卷尾有「堺浦道祐居士重新命工鏤梓，正平甲辰五月吉日謹誌」兩行廿二字，此本跋已不存，而削去之跡，隱然可見。書法古健，具有六朝遺意。文化覆本刻手庸劣，膚廓僅存，黎刻視文化本爲勝，然較之此本，猶有虎賁中郎之别。案正平甲辰爲日本後村上天皇正平十九年，當吾國元順帝至正廿四年，即無跋本印刷稍後，亦必不出明代，蓋元刊明印也。昔遵王所藏鈔本，據張氏《愛日精廬藏書志》，乃依日下逸人貫書刻本影寫，奂份以文化本爲古刻，不知文化十年爲吾國嘉慶十八年，已出晚近。蓋黎、楊而外，未有見正平本真面者，余乃無意獲之，足以傲錢、張、顧、葉矣。至此本與它本異同，光彦校記言之甚詳，當以文化殘本與此並儲以備考。册首尾「奚疑齋藏書」五字楷書印記，殆爲東國藏家，惜無從悉其姓字耳。

張氏《藏書志》所載遵王舊藏本云：「中遇『吾』字俱缺首筆，『語』字亦然。」今此本皆不缺，亦其異也。

論語筆解二卷 明范氏天一閣刊本

《論語筆解》二卷，明范氏天一閣《二十種奇書》之一，卷首有翰林院印，蓋即乾隆間編纂《四庫全書》時所祖之本。中夾四庫鈔書款式一紙，兹仍粘存福葉。近日葉奂彬德輝所撰《書林清話》載有四庫發館校書之貼式，此足以補所未備也。庚申七月，嬰弆記。

楊子法言十三卷 石研齋仿宋刻本

此爲吾友包夢華應江舊藏本也。宋君千层得之海上書肆，舉以歸予，聊存故人手澤。夢華之没，距今不三年，所藏金石書畫已多散失，可慨也。辛未十月，石藥簃雨中燈下記。

《楊子法言》自吾家石研齋本出，人間始有善本，蓋源於宋治平監刻十三卷本也。近遵義黎氏景刊宋唐仲友覆熙寧元年監本《荀子》，末附國子監准熙寧元年九月八日中書劄子節文，有「校定《荀子》《楊子》，内《楊子》一部先次校畢，已於治平二年十二月内申納訖」之語。此書刻時，意亦必有中書劄子，而今本僅存韓琦銜名兩頁，而劄子無之，殆年久脱失歟。爰略記之，以爲此書增一故實。辛未十二月廿八日，嬰闇居士書於海上寓居之小睡足軒。

近傅沅叔見石研齋舊藏宋本，其卷十三之第三葉，此依何義門傳校本補者，彼固赫然宋刊也，雖僅一葉，竟得校正五字，沅叔疑石研刊時缺此，後得宋殘本補完，墨版未及追改，説頗近是。既校入卷中，復識其原由於此。壬申四月十二日又書。

太玄經集注十卷 陶氏五柳居刊本

案黄蕘圃《士禮居藏書題跋》述此書源流甚詳，末言是書原屬鈔本，而此又從鈔本鈔出，魚豕之疑，知所不免，若卷首《讀玄》一篇，已取《傳家集》中所載者補其脱，正其訛，如「薑鞠」之正爲「萬物」，此即宿疑頓破之一云云。此本「胎育萬物」句作「胎育萬薑物鞠」，不復成語。意五柳陶氏此刻，當是據士禮居本繕寫，誤校改爲補脱，致有此失。即此推之，其他誤處，亦必不少，苦於無可是正，而自宋以後又别無刊本，姑存以備子部術數家之

合，嚴州本多誤字，而此本無之。又臚舉嚴州本誤而此本不誤者數十事，如《士冠禮》「側尊一甒」注「勺尊升所以㪺酒也」，嚴州本「㪺」訛「斢」；「委貌周道也」注「皆有所常服以行道也」，嚴州本作「皆所服以行道也」；「公侯之有冠禮也」注「至其衰末」，嚴州本「末」訛「未」。書中「末」「未」二字互訛處甚多，舉一以例其餘。《士昏禮》「主人以賓升西面」注「今文阿爲庪」，嚴州本「文」訛「又」；「尊于室中北墉下有禁」注「禁所以庪甒者」，嚴州本缺「甒」字。《鄉射禮》「衆賓繼拾矢皆如三耦」注「曏言還當上耦西面」，嚴州本「西」訛「酉」；「樂正命弟子贊工即位」注「樂正反自西階東北面」，嚴州本缺「北」字；「卒受者以虛觶降奠於篚」注「及賓觶大夫之觶」，嚴州本「夫」訛「大」；「以爵拜者不徒作」注「以爵拜謂拜既爵」，嚴州本缺「以」字；「旌各以其物」注「旌揔名也」，嚴州本「揔」訛「物」。《大射儀》「宰戒百官」注「宰於天子冢宰治官卿也」，嚴州本「冢」訛「家」，又注「戒於百官」，「戒」訛「成」；「冪用錫若絺」注「今文錫或作緆」，嚴州本「緆」訛「錫」；「賓升自西階主人從」注「主人宰夫也」，嚴州本「夫」訛「大」；「乃管新宮三終」注「其篇亡」，嚴州本「亡」訛「工」；「爲政請射」注「司馬政官」，嚴州本「官」訛「宮」；經「射者非其侯」，嚴州本「其」下重衍「其」

字；此本「其」下有墨塊未刻字，大約原本亦有「其」字，未刻。「授獲者退立于西方」注「大侯服不氏負侯徒一人」，嚴州本缺「徒」字；「獲者左執爵右祭薦俎一手祭酒」注「爵反注一手不能正也」，嚴州本「注」訛「洼」，又「貽女曾孫」，嚴州本「貽」訛「眙」；「上射揖司射退反位」注「後世失之」，嚴州本「世」誤「出」；「乃薦司正與射人」注「以齒受獻」，嚴州本「以」下衍空□。《聘禮》「上介出請入告」注「其有來者」，嚴州本「者」下重衍「者」字；經「自後右客」，嚴州本「右」訛「古」；「若有言則以束帛如享禮」注「來言汶陽之田」，嚴州本「汶」訛「文」；經「公皮弁迎賓于大門内」，嚴州本「弁」訛「并」；「賓降辭幣」注「不敢當公禮也」，嚴州本「當」訛「富」；「受幣堂中西北面」注「中央之西」，嚴州本「央」訛「夫」；「薪芻倍禾」注「薪從米芻從禾」，嚴州本「米」訛「禾」；「賓送于門外再拜」注「凡賓客之治令訝聽之」，嚴州本「令」訛「今」；「禮王亦如之」注「士隨自後」，嚴州本「士」訛「土」；「遭夫人世子之喪」注「夫人世子死」，嚴州本「世」訛「出」；「宵則庶子執燭於阼階上」注「燭燋也」，嚴州本「燋」訛「憔」。《公食大夫禮》「上介出請入告」注「問所以爲來事」，嚴州本無「爲」字；「宰夫設筵加席几」注「南面而左几」，嚴州本「几」訛「凡」；書中「几」「凡」二字互訛處甚多，兹舉其一。「公當楣北鄉」注「楣謂之梁」，嚴州本「梁」訛「粱」；「宰夫設簋于俎西」注「古文簋作軌」，嚴州本「軌」訛「執」；經「實于鐙」，嚴州本「實」訛「寶」；經「三牲之肺」，嚴州本「牲」訛「性」；「旁四列而北上」注「雖加自是一禮」，嚴州本「自」訛「目」；「公辭賓升再拜稽首」注「自間坐由兩饌之間也」，嚴州本「自」訛「目」；「上介受賓幣」注「今文曰梧受」，嚴州本「梧」訛「捂」。《覲禮》「諸侯覲于天子爲宫方三百步」注「宫謂壝土爲埒以象墻壁也」，嚴州本「宫」訛「官」，「墻」訛「牆」。《喪服》「曾祖父母爲士者如衆人」注「此著不降」，嚴州本「此著」訛「止者」。《士喪禮》「綴足用燕几」注「恐其辟戾也」，嚴州本「辟」訛「辟」；經「唯君命出升降自西階」，嚴州本「西」上衍「階」字；「士有冰用夷槃可也」注「造冰」，嚴州本「冰」訛「水」，又注「第有枕」，嚴州本「第」訛「第」；「主人皆出户外北面」注「象平生沐浴倮裎」，嚴州本「裎」訛「程」；「乃杞載載兩髀于兩端兩肩亞兩胉亞」注「今文胉爲迫」，嚴州本「胉」下重衍「胉」字；此本「胉」下有墨塊未刻字，蓋原本亦重「胉」字，此未刻。經「君若有賜焉則視斂」，嚴州本「斂」訛「劍」；「其設于竇豆錯俎錯」注「當籩位」，嚴州本「當」訛「常」。《既夕禮》「抗木横三縮二」注「抗禦也所以禦止土者」，嚴州本「土」訛

「士」；經文「祖商祝御柩」，注「爲將祖變」，嚴州本經、注「祖」皆訛「租」；「賓奉幣由馬西當前輅北面致命」注「參分庭之北」，嚴州本「北」訛「此」；「主人袒括髮」，嚴州本「袒」訛「祖」；「有枇」注「今文枇作柴」，嚴州本「柴」訛「柴」；「猴矢一乘鏃短衛」注「凡爲矢五分笴長兩羽其一」，嚴州本「笴」訛「笱」。《士虞禮》「獻畢未徹如餞」注「尸旦將始祔於皇祖」，嚴州本「旦」訛「且」；「沐浴櫛搔翦」注「今文曰沐浴搔翦或爲蚤揃揃或爲鬋」，嚴州本「揃」訛「愉」。《特牲饋食禮》「主婦纚笄宵衣立于房中」注「此衣染之以黑」，嚴州本「此」訛「比」；「尸答拜執奠祝饗」注「圭爲孝薦之饗」，嚴州本「圭」訛「主」；「舉肩及獸魚如初」注「三者士之禮大成也」，嚴州本「士」訛「土」；「利洗散獻于尸酢及祝如初儀」注「亦當三也」，嚴州本「亦」訛「赤」；「筵對席分簋鉶」注「可以觀政矣」，嚴州本「可」訛「司」。《少牢饋食禮》「少牢饋食之禮」注「禮將祭祀」，嚴州本「祀」訛「禮」；「既宿尸反爲期于廟門之外」注「爲期肅諸官而皆至」，嚴州本「官」訛「宫」；經「羊在豆東」，嚴州本「豆」訛「自」；「敦皆南首」注「龜有上下甲」，嚴州本「甲」訛「泗」；「有司徹羊肉湆」注「今文湆爲汁」，嚴州本「文」訛「友」。以上葉校。嚴州本世稱最善，而此本較之乃有更善之處，不亦重可寶歟。己未展重陽日，長沙洪家井寓舍重裝并記，更年。

周禮殘本八卷

《周禮》殘本八卷，缺九至十二卷。往在湘中購得明嘉靖間徐刻《三禮》十一册，《儀禮》完好無缺，《禮記》僅存末三卷，《周禮》即此本也。考黄氏《士禮居叢書》中所刻《周禮》，即以此爲藍本，顧不免校改之失。葉郎園嘗謂余：「徐刻《三禮》，以《儀禮》爲最善，《周禮》則不若明翻岳本之佳。」并著其説於《書林清話》。後爲涵芬樓撰《四部叢刊序例》，又申言之，鄭重丁寧，宜若可信。迨讀孫仲容《周禮跋尾》云云，仲容撰《周禮義疏》，於世行各本讐校殆遍，其説自較郎園爲有徵。然則明刻《周禮》仍當以徐刻爲甲觀，其中佳處孫跋列舉數十事，載在《籀高述林》卷厶，不更贅。至所缺四卷，初擬影寫補完，人事碌碌，久而不果，今益無心及此，即以殘册裝治庋藏，亦歐陽公所謂重增其故之意也。

宋刻巾箱本禮記殘本

右宋刊巾箱本《禮記》殘本，存卷十六《中庸》一篇，卷十九下半卷《大學》一篇。首行書題，已遭割裂，次行「中庸」下割去「第三十一」四字，《大學》首一行當係《儒行》之文，已不存，「大學」下割去「第四十二」四字，蓋書估因朱子《四書集注》《大學》《中庸》裁篇別出，故欲以此充完書，致失本來面目，殊可恨也。册長三寸，寬二寸餘，每半葉八行，行十六字，注雙行字同，附釋音、重言，遇「匡」「恒」「禎」「慎」「敦」均缺筆。琴川瞿氏《鐵琹銅劍樓藏書目録》載有宋刊《禮記》殘本《投壺》《儒行》二篇，一一均與此合。彼二篇爲《大學》上半卷，或竟係從此本裁出，亦未可知也。其經文之異於別本，與夫注之足以正注疏本者甚夥，兹擇其最關要義者著之。經如《中庸》「爲能聰明叡知」，與唐石經、岳本同，不同明以來刊本作「睿」。《大學》「終不可諠兮」，與石經、岳本同，不同明以來刊本作「諼」；「緡蠻黄鳥」與石經同，不同明以來刊本作「緍」；「若有一介臣」與石經、岳本同，不同明以來刊本作「个」。注如《中庸》「舜其大智也歟」節「易以進人」，監、毛本「人」誤「又」。

「素隱行怪」節「恥之也」，閩、監、毛本「恥」誤「取」。「子曰武王周公」節「先祖之遺衣也」，毛本「遺」誤「衣」。「哀公問政」節「乃知天命所保佑」，閩、監、毛本「保」誤「府」。「至誠之道可以前知」節「有道藝所以自道達」，閩、監、毛本上「道」字誤「适」。「今夫天」節「本從一勺皆合少成多自小致大」，閩、監、毛本「皆合少成多自」六字誤作「言天地山川積」六字；「昭昭猶耿耿小明也振猶收也」，閩、監本缺「猶」下九字；「天所以爲天」，閩、監本缺此五字；「如天地山川之云也」，閩、監本缺「天」下六字。「大哉聖人之道」節「育生也峻高大也」，閩、監本缺「生」下五字；「言爲政在人政由禮也凝猶成也」，閩、監本存「言爲成也」四字，缺九字。「故君子尊德性」節「學誠者也廣大猶博厚也」，閩、監本缺「者」下七字。「仲尼祖述堯舜」節「安有所倚」，閩、監、毛本「有」誤「無」；「謂諸侯法之也」，閩、監、毛本脱「謂」字。《大學》「大學之道」節「明明德謂顯明其至德也」，閩、監、毛本「顯」誤「在」；「於止於鳥之所止也」，閩、監、毛本「於鳥」誤「言鳥」。「子曰聽訟」節「爲政者也言民皆視其所行而則之」，監、毛本「也言民皆」四字誤作「在下之民俱」五字；「邪辟失道則有大刑」，閩、監、毛本「有大刑」三字誤作「天下共誅之矣」六字；「秦誓尚書篇名也」，閩、監、毛本衍「周書」二字。此外異同猶不下數十處，惟《中庸》「肫肫其仁」注「讀如誨爾忳忳之忳忳誠懇皃也」，各本俱作「讀如誨爾忳忳之忳忳忳誠懇皃也」，重一「忳」字，獨山井鼎《孟子七經考文》所引宋版古本「忳」字不重，與此合。《考文》向係孤證，得此爲有鄰矣。寥寥兩篇，有裨於考訂如此，雖曰殘圭斷璧，可不寶諸。歲在庚申九年十月上旬，江都秦更年記於長沙大古道巷寓廬。

禮記注疏朱秋崖過録惠校本（南監本即李元陽本）

此朱秋崖臨惠定宇手校北宋本《禮記正義》七十卷，又以南宋本參校者。惠氏原用毛本，此用南監本。（李元陽刻本，後歸南監。）黄蕘翁又以北監本、毛本補勘一過，其中間有「烈按」云云，故知之。蓋兩君皆爲錢景開而作，即所謂白隄老書賈錢聽默也。乾隆之末，和珅刊《禮記注疏》六十三卷，原本即得之聽默。今觀此本，則聽默乃得之秋崖，本源極真。歸之和氏之本，當係從此本過録，惟未能復北宋本七十卷之舊，讀者猶以爲憾。此本校訂精審，七十卷舊第秩然不紊，固無殊於北宋本也。秋崖所藏惠氏手校本，聞已歸曲阜孔氏，和氏藏本籍没後，已入天禄琳琅，此本外不知有無别家傳録，要之人間所有僅此三數本，焉得不圭璧視之耶。往客湘中，得毛刻《三國志》，亦秋崖以朱筆手臨何義門批校圈點，核之《義門讀書記》，頗多異同，而據北宋本、宋本、元本校改之字，《讀書記》皆不載，又以雌黄筆過録惠半農批點，細書盈紙，朱黄爛然，遂爲吾齋所藏乙部書之冠。兹獲此本，既傳北宋本之真，又以南宋本參校，蕘翁復用北監、毛本益所未備，擷取衆長，尤爲擅勝，則甲部中又添驚人秘笈矣。余與秋崖緣何深耶，識此志幸。

夏小正戴氏傳附經傳集解

仲坰攜示此册，余審爲傳節子所手校，卷耑「長恩閣藏書」一印可證也。同治己巳，節子曾刻此書，乃據《通志堂經解》及黄氏士禮居此刻參互校訂，並撰《考異》一卷，視黄氏校録爲詳，但不及《玉海》，此本眉端朱書皆據《玉海》所校，其中異同，亦足資考證也。戊子冬，閱竟漫識，嬰闇居士更年。

春秋經傳集解

右《春秋經傳集解》昭三第二十二殘本一册，文字明麗，紙墨精湛，宋刊宋印本也。白口，左右雙邊，上魚尾上記大小字數，下魚尾下記刻工姓名，有「胡桂」或一「桂」字，又有「余」字、「壽」字、「正」字、「劉」字、「張」字。每半頁八行，行十七字，注雙行字同。卷中宋諱如「徵」「桓」「頊」「慎」「讓」「貞」皆缺末筆，考之島田翰《古文舊書考》所載宋嘉定興國軍學刊本，云左右雙邊，每張十六行，行十七字，注雙行，行十七字，界長七寸三分，幅半版四寸九分，「弘」「殷」「玄」「匡」「筐」「貞」「幀」「楨」「徵」「讓」「襄」「頊」「桓」「完」「洹」「構」「覯」「敦」闕末筆，縫心有刻工姓名「高雋」、「王伸」、「陳全」、「陳正」、「張政」、「胡桂」、「鄧壽」、「吴仁」、「王純」、「蔡詳」、「詹仲」、「占中」、「方成」、「余份」、「張進」、「劉全」、「張友」、「劉永」、「吴甫」、「吴彦」等，其行款格式、宋諱缺筆，及刻工姓名，一一符合，然後知此爲興國軍學刻本。彼本後有經傳識異、校刊銜名，又嘉定九年聞人模跋，藏彼國楓山官庫，我國著録家從來未見完書，設無彼本爲之印證，將終不知爲何本也。卷首有「汪士鐘印」白文、「三十五峯園主人」朱文兩方印，眉端有「宋本」朱文橢圓印，因檢《藝芸書舍宋元本書目》，載《左傳集解》大字本存八之十、十五之二十、二十二之三十，凡十八卷，今兹才得一卷，其餘各卷，猶冀其續來。顧企望數年，寂無嗣響，頃友人貽予《静嘉文庫宋本書影》一册，載有此本，汪氏所鈐三印亦皆有之，凡存卷十、十五至二十、二十三至三十，共十五卷，謂陸氏稱曰建大字本，彼據官庫本審定爲興國軍學本，始知此書已由汪歸吴興陸氏，由陸流入東瀛，久離故土矣。繙閱《皕宋樓藏書志》，亦止十五卷，與《書影》所説同，是則此卷外尚有八、九兩卷留存我國。計此書之離析，當在咸同之際，八、九兩册，或猶在人間，或已爲煨燼，不可知。茫茫大地，將從何處搜牢請益耶。島田翰稱此本非諸宋本所能及，森立之、楊守敬皆謂此本爲最善。日本既有完書，又有覆本，楊惺吾云然，島田謂係覆江公亮本，然淵源則一也，而在吾國今日，則已成斷種本子矣。蓋單注經本其不附釋文者，猶存北宋之舊，較爲近古，如興國于氏本即祖此刻，加以圈點句讀，增入釋文，其中已多錯誤，重寫上木，其弊有必至者。自嘉定九年迄今，已七百十有八載，中間竟無好事爲之覆刻，亦欠事也。且此殘存之本，十五既流落異邦，無復珠還之望，八、九卷存佚未卜，更誰爲賦零丁、求蠹簡於山巖屋壁間哉。余今抱殘守闕，於此一卷寥寥三十番，得不視若球圖、保如頭目乎。後之得者，其鑒余苦心。往時袁寒雲藏有興國于氏本一卷，客滬時舉以鬻人，而以楠木匣贈我，今以此册入之，廣長正合。嘻，亦異矣。因附及之。癸酉十一月。

戰國策十卷 明嘉靖仿宋刊汪文端評校本

《戰國策》鮑氏注十卷，明嘉靖間仿宋刊本，舊爲汪文端公所披閱，細書評校，朱墨爛然。首册記云「乾隆丁卯七月廿五日」，末册記云「八月十一日閲竟」。案丁卯爲乾隆十二年，時公已官至刑部尚書充軍機大臣，而從政之暇，猶劬學澤古，不異儒素，且自始徹終，才十六七日，而詳整無一懈筆，古人之不易幾及，即此一端可見矣。公諱由敦，字師茗，號謹堂，每册首「堇堂藏書」一印，即公所鈐也。庚申孟春，收於長沙，越秋裝成，因記。江都秦更年。

頃見一本，卷末有王覺跋，跋後有篆書一行云「嘉靖戊子龔雷重刊」，行款式樣與此無異，而字體遜其矜莊，似據此本重刊者。

漢書補注

宋之三劉於兩《漢》皆有考訂，而其書不傳，賴建安本著之，明季監本即從建安本出，故劉説具在。毛氏汲古閣本無劉説，或爲毛氏刊落，或所據者爲别一舊本，不可知矣。惠定宇先生此注，初不知其所據何本，予舊藏一部，凡劉説皆小字單行，吾鄉薛介伯壽《學詁齋集》有此書跋尾，言刊本於劉説作小字單行，而原稿本皆作大字，亦未言其所以然。迨余獲此初印本，凡劉攽云云果作大字，如介伯所見之稿本，然後取監本、毛本《漢書》校之，始知先生此注係以監本爲主，刻時固皆仍舊。及刻成覆校，校者僅據毛本，見毛本無劉説，意必先生剌取他書補注，輒將板片剜改，此劉説改作單行小字之由來也。而劉書世無傳本，竟不之知，亦不一檢監本，鹵莽滅裂，至于此極，真所謂以不狂爲狂者矣。然不得初印本，亦未易悉其究竟，故拈出之，以爲率爾操觚者戒，並以見此本之可貴云爾。丁卯八月記。

瞿木夫嘗輯元本《漢書》注所附劉攽《刊誤》語，補南監本所無者百廿七條，録成一卷。

漢史億

《漢史億》二卷，益都孫沚亭著。《四庫》入存目，蓋史評之流也。卷首眉端有潛丘先生題字云：「康熙庚午春二月中旬，自京師歸途中攜趙公秋谷所贈《漢史億》二卷，讀之至終，亦近得之佳書也。」又題云：「越四年癸酉冬十月下旬，復閱一過。母后臨朝稱制，戰國已有，如秦宣太后、齊君王后皆是，不自漢高后始。韋誕既書凌雲殿榜，下則戒子孫絶此楷法，著之家令，非梁鵠也。此二條誤，當正」云云。先生讀書，一字不輕放過，雖時人著述，亦爲之正誤訂訛，其學識之博，與用力之勤，決非後人所能幾及。其云庚午二月中旬南歸，按張石洲所譔先生年譜，謂是年三月健庵歸里，後又云先生與健庵同歸，而不知先生實於二月中旬首途，似與健庵微有先後，年譜失之，惜石洲不見此也。庚午先生年五十五，癸酉則年五十九矣。先生手蹟流傳最罕，此作小楷書，後段尤勝，大儒手澤，真至寶也。

新唐書糾繆二十卷常熟趙氏刻本

《新唐書糾繆》二十卷，常熟趙氏刻本。繆藝風極稱其板刻精善，不易數覯，惟以末卷舊缺三十行，以卷六之文謬爲補足，爲趙氏之疏，其言良信。余往見一雍正間寫本，即依此本傳録，似在彼時已希見矣。此本爲宋既庭舊藏，間綴評語，疑亦既庭筆。卷末誤文已由莫楚生據《群書拾補》校正，足備觀覽。

南唐書注十八卷

陸放翁《南唐書注》十八卷，《唐年世總釋》一卷，《州軍總音釋》一卷，湯運泰撰，道光壬午緑籤山房刻本。運泰字虞尊，青浦人，畢生力學，僅以年例貢成均，所作《金源紀事詩》，久已風行海内。此書撰於嘉慶甲戌年，卒業於庚辰之春，先後七年，凡五易稿。因《四庫總目》謂是書后妃諸王傳置諸臣後，節義傳置雜藝方士後，體例未協，遵《四庫》之議，移后妃諸王傳置諸臣之前，雜藝方士傳列節義之後。自序云：「規裴松之《三國志》注例，正史雜史，集部子部，自國典朝章，嘉言懿行，以至詼諧雜沓，神鬼荒唐，有逸必搜，無奇不録。」余讀其書，援據博洽，補正良多，間有異同，輒出己意論定，洵放翁之功臣也。先是，康熙時祥符周雪客在浚爲陸書作注，頗聞於時，惜未付梓，流傳絶罕。近歲南潯劉漢怡承幹得周注抄本，爲之刊行，又撰《補注》十八卷，附刻於後，跋言：「嘉慶庚辰，湯虞尊又爲此書作注，但未見雪客原書序例，并不知有雪客注，雖采取博贍，而離之兩傷。又改原書十六爲第四卷，十七、十八兩卷無注，均屬不合。承幹乃删除重複，以爲底本，再采他書附益之」云云。余取其書與此讐對，其注皆取之此書，且有脱落，所謂采它書附益者，每卷或一二條，或竟無一字，而所補亦僅限於南唐石刻，凡遇「泰按」云云，皆删去「泰」字，至十七、十八兩卷，原注完具，而繁簡廉肉，亦與他卷相稱，劉乃謂其無注，殊不可解，或其所據者爲湯書殘本歟。且所補十七卷僅五條，十八卷僅六條，或已見前，或與本事不涉，甚無謂也。頗聞劉氏此書實假手於人，殆即爲其人所給耶。余疑白諸劉氏，爲補刻十七、十八兩卷，《唐年世總釋》《州軍總音釋》各一卷，他卷中有脱落處，則據補之，仍以其名還之湯氏。凡所增益，加一「補」字別之，俾湯氏之書復顯於世。比之校勘酈注，免東原攘趙之嫌；補注范書，有對琴歸惠之美，亦盛德事也。雪客稱引之書，已多散亡，湯注所據，不乏《大典》晚出之本，爲周所未見，合之兩美，固不可偏廢也。

國朝名臣事略十五卷景寫元本

此書元槧本，自吴枚菴、張紉菴轉入黄蕘圃士禮居，蕘圃手校兩本，陳仲魚與紉菴又各校一本，後元本歸愛日精廬，張芙川從之景寫一本，今分屬海源閣楊氏、適園張氏，諸藏家矜爲秘笈。此本亦自蕘圃元槧本景抄，精雅可喜。世行聚珍版本，芙川及李申耆皆嘗校過，二卷脱二頁，九卷脱一頁，十一卷脱六頁，其它脱誤，不可枚舉，則此本之可寶貴，爲何如耶。此本出獨山莫楚生棠銅井文房，楚生爲郘亭猶子，擩染家風，喜治目録版本之學，藏書率多善本，辛亥後僑寓吴門，比以衰病，來滬謁醫，没於逆旅，身後蕭然，曾未逾月，其書已散之坊肆，可爲慨歎。余購得數種，此最愜心，檢閲蕘圃藏書題識，叙鈔校各本源流甚詳，輒備述之，蓋皆一家眷屬也。戊辰十七年九月廿一日，嬰闇居士。

國史儒林傳擬稿 寫本

阮文達《儒林傳擬稿》凡四十四傳，附傳五十五人。先是，史館擬修儒林、文苑傳，無所依據，艱於措手，文達乃剏爲集句之法，此《儒林傳擬稿》之所由作也。卷首凡例亦載《揅經室續集》，又載有《集傳録存》一篇，爲毛奇齡、沈國模、談泰、桂馥、錢澄之、朱鶴齡、臧庸、閻循觀、汪紱、王鳴盛、丁杰、任大椿附李惇、劉台拱、汪中、孔廣森、張惠言、孔興燮附孔顔等七人諸傳，後有公子常生識語：「案家大人昔撰《儒林傳》一百數十人，乃集各書而成，將成時即出京總督漕運，後史館中據此爲底稿，略删數篇，其不删之人，於篇句中亦有所删。然不删者皆已定爲《儒林傳》。《傳》爲史館文，即不得刊入私集，至於已删者，即非史文，不妨削去儒林之名，而收入私集。故今檢稿，集録爲一篇，收入《揅經室續集》」云云。核之此本，凡《集傳》所録十五人、附見十人，除談泰、丁杰、汪中三人外，其餘皆著於篇，則此本蓋即常生所謂删去數人者是也。傳中字句，略無差異，但於《任大椿傳》末增「汪中在文苑傳」一語，據常生言，因有删節，乃以原稿入集，今此本悉仍其舊，則是略删數人未删篇句時所鈔，真面具在，所異者，缺談泰、丁杰、汪中三傳耳。今依《續集》繕録附後，俾還舊觀。至《國史儒林傳》聞廠甸曾有刊本，計分二卷，所注書名均已削去，案頭惜無是本，無從悉其異同，訪購校讐，願俟他日。丁卯九月，嬰闇居士秦更年識於石藥簃。

阮文達離館後，總裁進呈，以私憾去孔廣森、張惠言諸人，出毛奇齡於《文苑》。現史館所存《儒林傳》，是道光末年方俊、蔡宗懋所定，又非嘉慶間進呈元本。繆小山荃孫説。

戊辰四月，嬰闇又記。

阮元列傳一卷 舊鈔本

此册爲道州何氏東洲艸堂鈔本。初疑此傳從《國史列傳》録出，今閲葉奂份德輝《郎園讀書志・雷塘庵主弟子記跋》云：「阮文達文學政事，爲乾嘉間一代名臣，道光二十九年薨於里第，時已十一月。次年正月，宣宗龍馭上賓，文宗即位，兩朝飾終之典，備極榮哀。於時洪楊亂始之時，海内驚駭，史館諸人紛紛請假曠職，故國史無公列傳。吾往年刻《三家詩補遺》，未得悉其撰述年月，徧覓公事傳行述，不見於他書，錢儀吉撰《國朝碑傳集》，不及道咸間人，湘陰李桓輯《國朝耆獻類徵》，遣人至京鈔《國史傳》，徧檢不得，後僅據同鄉李元度《先正事略》録其事傳，則知《國史》無公傳，實因當時未及采修，故日久相忘也。」據此則《國史》中無公傳，而此傳實《國史》體裁。道咸之交，何蝯叟方供職史館，此傳或即其所撰，特不知館中何以無底本，豈撰成未交出耶。蝯叟爲文達弟子，耳目相接，又其時檔案完具，故於公之歷官事實詳晰無遺，惟撰述則略有未備耳。李、葉並富藏書，文獻所關，尤勤蒐訪，乃均未見此傳，則其珍秘爲何如乎。因喜而爲之跋。丁卯仲冬，更年。

吴中先賢品節 手稿本

《吴中先賢品節》一册，不分卷，題「吴門後學褚亨奭佀召氏輯」，凡分德望、勳業、經濟、剛直、清節、理學、孝廉、文學、風雅、勇退、家世、狂簡、隱逸、藝術、女流、方外等十六類，共六十八傳，大較自明初至天啓間止，文中間有改訂，亦有傳具而讚闕者。卷首有「亨奭」、「佀召」兩小印，蓋猶褚氏手稿。格紙中縫有「破硯齋」三字，殆褚氏齋名歟。有清一代官私書目均無箸録，考之《蘇州府志·藝文四》云「褚亨奭《吴中先賢品節》字公召」，案，「公」乃「佀」之訛。次於祝允明《蘇材小纂》後，趙用賢《三吴文獻志》前，則褚固明代人也。惟《府志》「人物」門無褚傳，故不能悉其仕履之詳，俟更博考。卷前有「謙牧堂藏書記」白文印，卷後有「謙牧堂書畫記」朱文印，蓋曾經揆敘收藏。又有「志詵私印」、「漢陽葉名澧潤臣甫印」、「寶芸齋」三白文印，則由揆而歸葉東卿父子矣。又有「潘功甫借觀」朱文印，功甫名曾沂，吴縣人，道咸間曾官京師，似借觀自葉氏也。明賢手蹟，藏印纍纍，信爲秘笈，爰爲考其崖略，記諸福葉，並付工重裝之。時丁卯秋八月也，更年。

水經注

此《水經注》批校本，目録後有周季貺星詒手跋，書衣有莫楚生題字，皆不知批校出誰氏。予觀首頁有「稽瑞樓」一印，則此本乃常熟陳子準揆所藏。子準嘗以酈《注》詳北略南，撰《六朝地理疏》，是子準於此書致力甚深，殆即其所手校耶。惜不起季貺、楚生，共質之耳。前後微有蠹蝕，然不害其爲佳書也。嬰闇居士記。

欽定職方全圖六册 内府銅板本

《欽定職方全圖》共圖二百一十八，後附《乾象圖》三十一，莫友芝《郘亭知見傳本書目》稱之曰「康熙地圖」。是圖分省分府，詳載鎮堡小名，相傳爲内府銅板，雕鏤極精，外間流傳甚少，頗爲時所珍貴。元裝六册，每葉皆以兩半葉合成，書口疊入空白半寸許，中胎全葉二，半葉一，薄漿粘之，蓋中有以上葉陰面與下葉陽面合爲一圖者，如是則合之爲書，分之則仍各一圖，不致有黏連上下之弊。雖書籍不必如此，然其法甚有思致，亦裝訂之别裁也。比以舊藏桃花紙印《佩文齋廣羣芳譜》缺失一册，見此中胎紙色質俱同，遂損裝撤出，募工鈔補，此則重加裝潢，仍作六册。曩讀孫慶增《藏書紀要》，於裝訂列爲一門，可見此事亦收藏家所當講究。是册既已改觀，因記其舊裝欵式，俾好事者有所考證焉。己未小滿前一日，江都秦更年曼青甫記。

第一册：直隸，江南，浙江。第二册：江西，湖廣。第三册：福建，山東，山西，河南。第四册：陝西，四川，廣東。第五册：廣西，貴州，雲南。第六册：乾象圖。凡六册，都二百六十頁。

元秘書監志十一卷精鈔本

邵亭《宋元舊本書經眼録》載「《元秘書監志》十一卷，寫本，元承務郎秘書監著作郎王士點、承事郎秘書監著作郎商企翁編次。此寫甚工，半葉九行，行十六字，蓋據元本過録」云云。此本爲邵亭九弟善徵祥芝所藏，其所見者，蓋即此本。兄弟同時收書，互相平賞，洵爲人生至樂。善徵第三子楚生棠，頗能世其家學，去秋病没海上，曾未三月，藏弆俄空，余收得十數簏，其中舊鈔多善本，此其一也。己巳正月，嬰厂。

思適齋書跋四卷

右跋百九十五首，王君欣夫就平日所輯合之《思適齋集》中所載彙編而成，其中如《詩外傳》、元本《廣韻》校本二跋，即録之余所者。《郡齋讀書志》刻本跋自署牛背散人，蓋取王夷甫「眼光迺出牛背上」語，似對黄蕘翁而發。吾觀蕘翁題識，偶及千翁，輒有悔意，而千翁則始終詆之。又《韓非子》跋於李尚之指名惡詈，至比之毒蛇野獸，未免太甚，怨毒乃爾，殆佛家所謂夙業者，非歟。丙子歲除夕，嬰闇居士記於上海小睡足軒。

里堂書跋二卷手稿本

乾嘉以來，吾揚藏書之富，以馬氏小玲瓏山館、阮氏文選樓、陳氏匏室稱最，顧皆無簿録流傳。文達《揅經室外集》著録《四庫》未收各書，亦非一家藏弆。汪容甫晚歲得子，慮爲俗學所囿，自次其藏書數萬卷畀之，撰有《問禮堂書目》，而今無聞。吾家《石研齋書目》二卷，今僅有江子屏、顧千里序，載在兩家集中，洊經兵亂，編簡俄空，可爲太息。里堂焦先生向不以藏書著稱，而有書跋手稿二卷留存天壤，殆亦有數存乎其間耶。著録之書凡百另五種，雖無宋槧名鈔，亦間有稀見之本，跋中或僅記篇目，或評騭是非，旁及遺聞逸事，並足以廣聞見。但先生勤於著述，藏書寧止於此。予得先生舊藏《朱子年譜》，序後有先生手跋，眉端有批校甚多。爲此本所不載，則所佚多矣。先生著作再等身，此其緒餘，存佚曾無足道，而後之人固以得見爲幸，况爲手澤所寄，得不圭璧視之耶。

郘亭知見傳本書目

王子展家散出寫本一部，諧價不成，遂手録之，僅得史部，他皆未遑。其中所增，多出之浙人，然亦非一手也。頃檢邵氏《標注》，所增各條即從《標注》傳録，莫取於邵，非邵取於莫也。邵位西批注《四庫簡明目》近已刊行，可以與此合觀。邵注文字多有與此同者，似已參合莫目矣。辛未冬記。郘亭原本乃仲武編寫，現在莫楚生處，傅沅叔排印本即據其本校定，錯誤差少。（并未校過，所誤正同。）卷首有楚生題記云：「自從仲兄鈔得此目，即爲吴門書估侯駝子念椿所見，自言業書六十年，前見黄蕘圃，近見袁漱六，不圖晚歲得讀抄刻薈集之書，倘得傳録一本，死且無憾。鑒其誠，閔其老，遂以假之。未幾侯死，抄本轉入廠肆，日本書估見之，因以印行」云云。今年冬，余至莫氏觀書，得以寓目，歸而記其略於此，亦此目一重公案也。眉端增注，出於莫楚生棠，惟書法率易，排板者不能辨，遂多誤字，亦楚生跋中語也。戊辰冬臘月，嬰闇記。

卷中亦有楚生所增益者，就余所知，加「補案」二字以别之。

書目答問

湘潭葉郎園吏部德輝博聞强記，於書無所不窺，尤喜治目録板本之學。往客長沙，時獲奉手，清談娓娓，終夕不倦。其手校《書目答問》，余先後見五本，嘗從借録，未及半而余去湘，其事遂廢，忽忽七八年矣。丁卯三月，郎園故後，一門群從，辟地來申，郎園手校本攜在行篋，因借歸傳校一過，以償夙願，舊時寫而未盡者，亦竭十日力畢之。念吾友眉孫與余有同嗜，輒以爲贈。此目創於繆藝風，張文襄屢有增省，郎園再三校之，今兹迻寫，亦間有訂補。區區一時刻目録，而探索不盡如此。眉孫富收藏、廣聞見，異時於此目有所增益，倘能舉以貺余乎。跋足俟之矣。

説苑二十卷臨姚彦侍校宋本

上虞羅子敬振常近在海上收得姚彦侍手校本，因去書借取來湘，傳録一過。原校用蜀中繙刻王謨本，亥豕縱横，紙墨惡劣，此則視彼差善矣。惟姚氏識語中謂曾景寫前後跋語，而書中不見，兹就《拜經樓藏書題跋記》所載者録之以備考。庚申二月廿八日，長沙寓齋臨畢記，更年。

又影印劉申叔藏宋刊本

此往年鄧秋枚影印作留真譜者，與拜經樓所藏同一刻本，兹取置卷首，以見宋本之面目云。申叔名師培，吾鄉名孝廉也，比聞客死京師，其書不知歸之何所矣。

韓詩外傳十卷

癸亥冬，旅居海上，聞有藏《詩外傳》十卷元槧本者，展轉借得，乃吴門袁氏五硯樓舊物也。原缺廿餘番，黄蕘圃爲從元本及毛鈔本校補完具，且言元本實有佳處，韓與毛之異同，班班可考。顧澗薲謂，即宋本之善，應不過是。瞿木夫則摘其最精妙而證以它書决然無疑者十數事，以爲徵譣。余覆審之，木夫跋中所舉，猶未盡其勝。如卷九「糲荅之食」，《説文》：「荅，小尗也。」蓋糲飯豆羹，爲食之薄者，此正兩漢經師相承故訓，今本「荅」誤作「藿」，失其義矣。又卷十「卞莊子」條，字句與今本碩異，此當元本缺葉，木夫校時尚未經蕘圃爲之校補也。余夙好此書，頗儲重本，校讀之餘，始知明沈辨之野竹齋本雖翻元至正本，而與此非出一原。通津草堂本同於沈本，薛來、程榮、毛晉諸本皆視沈爲遜，而校改之失，毛爲獨多。乾隆朝趙億孫校本、周霽原注本，並爲藝林所稱，顧所見皆不越沈本，然則此本在今日爲最舊最善，五六百年來世罕有見之者矣。是烏可使之無傳，爰謀之吾友吴君眉孫，合力付梓，公諸海内，並爲校勘記一卷，附於簡末，以俟論定焉。辛未歲不盡三日，江都秦更年敘。

詩外傳十卷 校元本

袁氏五硯樓舊藏《詩外傳》十卷，元槧本，今在合肥李氏。癸亥冬，輾轉借得，用野竹齋本校勘一過，勝處特多，且有爲瞿木夫跋中列舉所不及者。如卷十「卞莊子」條，字句幾於全異，蓋此當元槧缺頁，木夫校時，其原缺廿餘翻尚未經黄蕘翁以元本及毛鈔校補也。是年十二月八日校畢，并手摹諸家題跋及收藏印記，附於簡末，明年正月重裝，因記。更年。

右「蕘圃過眼」、「袁廷檮印」、「五硯主人」、「南皋艸堂」各印在序前，「平江袁氏珍秘」印在序後，「袁又愷藏書」印卷一、卷三、卷五、卷八第一頁均有之，「貝墉所藏」印在一卷一頁，「楓橋五硯樓收藏印」、「蕘圃手校」二印在十卷之末，其中惟「南皋艸堂」印不知爲誰氏，俟考。臘八日校畢，更年記於滬上寓居之睡足軒。

世説新語六卷

光緒中葉，長沙王益吾祭酒先謙校刻《世説新語》，湘潭葉奂彬吏部爲之覆校，成《校勘小識補》一卷，中有一則云：「《汰侈》類『石崇厠常有十餘婢侍列』一條注『兩婢持錦香囊』，袁本『持』作『桻』，後『桻』脱『屮』下『丬』，遂成『栫』。按《説文》：『桻，桻篗也。』《廣韻》：『帆未張。』言兩婢樍香囊如帆之未張，正未登厠時情事，六朝綺語，鍾鍊可玩。

若作『持』，則應十餘婢，非兩婢事矣。《晉書·劉寔傳》亦作『持』，均非」云云。未見袁刻初印本者，必將服其校勘精審，不知原書明明「持」字，乃以不誤爲誤也。顧其誤由於印本模糊，致滋疑議。蓋此書初印本實不多覯，如《四庫全書總目》亦有板已刓敝之語，是其著録之本亦係次印。故特著之，以見此本之可貴，並告後之讀王本者，勿爲葉氏曲説所誤也。

洛陽伽藍記五卷集證一卷 李葆恂刻本

此本爲繆藝風舊藏，其以墨筆校改者，乃藝風用如隱堂本所校，今以朱點◯識之，以明非吴氏之舊。又此刻異於吴本處，以墨筆書諸眉端，庶不失吴刻本來面目。嬰闇記。

吴若準字次平，一字耘石，菘圃相國之孫，居平湖北門内之趙家浜。少孤，奮志力學，長於考據，兼通六法。成道光辛丑進士，視學江西，卒於任。

乙巳占

《乙巳占》十卷，題「朝議郎行秘書郎中護軍昌東縣開國男李淳風撰」，自序始天象、終風氣，每卷各有子目，自第一以迄第一百，卷一、卷六末有銜名三行，蓋從宋本原式也。乾隆間開四庫館時，搜求此書未得，阮氏亦未進呈，惟錢遵王《讀書敏求記》、黄蕘圃《藏書題識》、瞿氏《鐵琴銅劍樓》、陸氏《皕宋廔》兩書目載有抄本，並十卷。莫氏《知見傳本書目》云三卷，或所見經人省併，或係殘本，不可知矣。唐人撰述，傳世日希，又其術世鮮傳習，故迻録尤罕。此本歷經毛古愚冰香樓、惠定宇紅豆書屋、朱文游各家藏過，印記粲然，良可寶貴。至《四庫提要》於《乙巳占略例》云此書占至天寶九載，非淳風所及，疑是假託。案此書卷九末云其「諸隱詞占訣並在《略例》中」，是李氏本有其書，後人增益，或所不免，若謂盡出假託，當不其然，爰並識以正之。

封氏聞見記十卷純白齋黑格抄本

《封氏聞見記》十卷，純白齋寫本，吴江徐虹亭編修釚菊莊舊藏。余取以校盧刻《雅雨堂叢書》本，卷二「石經」條補百六十四字；卷三「制科」條補二十二字，「銓曹」條補六字；卷四「尊號」條補二十五字，「露布」條補八字；卷五「燒尾」條補十九字，「圖畫」條補二十四字。此外足補正一二字者尚多，如卷八「霹靂」條「鑽音爲祖含」，蓋謂鑽音祖含切也，此刻誤「含」爲「今合」二字，則成爲「鑽音爲祖」，其「今合」二字屬之下文，謬誤甚矣。莫郘亭《舊本書經眼録》所記以隆慶鈔本補正盧刻處，大略相同，惟「石經」條少一字，「制科」條羡一字，「尊號」條少一字。葉奂份《郎園讀書志》跋吾家石研齋刻本，所稱補脱各條字數，則與此相合，似兩本猶有異同，他日當訪求石研齋本及張海鵬校刻本，合勘一過，著爲校記，以俟好事覆雕。莫氏所藏隆慶本，亦思訪諸其家，如未散失，將更從之借校，倘果所願，庶幾無遺憾矣。己巳十月朔日，郋園居士記於石藥簃。

此本卷耑有「得此書甚不易願子孫勿輕棄」朱文方印，蓋亦虹亭所鈐。余觀竹垞老人藏書亦有此印，爲長方形，每行四字，刻作白文，是其異耳。

渚宮舊事五卷 舊寫本

《渚宮舊事》五卷，舊時藏家著録率皆鈔帙，自孫淵如刊入《平津館叢書》，外間始有刻本。此橙花館從高承埏家本所傳録，與《平津館》本略相近。余別有明晉藩鈔本，曾經清初范承謨昆弟、徐蝶園、朱竹垞、揆愷功及近時漢陽葉氏、唐棲朱氏遞藏，堪稱秘笈。顧譌謬脱衍，不一而足，而其佳處，則勝於它本遠甚。如卷五末「桓玄爲都督」條，「豁子石民」下各本均脱，獨晉藩本有「石綏、石康、豁孫振、冲孫謙、案謙爲冲子，「孫」字疑當作「子」。子玄凡九人，皆刺荊州，自古所未有也」二十五字，於桓氏曾刺荊州諸人敘述詳晰，自是余氏原文。因破三日功夫，勘讀一過，凡改正四十六字，補脱百十九字，又補卷一「孫叔敖爲令尹」條雙行夾注廿七字，删衍五字，存疑者則記於眉端以備考。其餘字句異同多寡而遽不能得其義者，則姑略之，以俟覆校。又晉藩本有補遺九條，暇日當寫附卷末。孫淵翁刊本序言，紀相國校定爲補遺一卷，録入《四庫全書》，不知舊寫本已有之，彼但增益數條耳。

己巳三月立夏日，嬰闇居士記於石藥簃。

卷末橙花館主跋據《唐·百官志》辨余知古階職於制不合，實發前人所未發，特不知館主爲誰氏耳。

蜀川紀略一卷蜀檮杌一卷錦里耆舊傳四卷

案王蓮涇《孝慈堂書目》載《蜀檮杌》一卷，馮巳蒼藏鈔本，合《南唐近事》《錦里耆舊傳》一册云云。此本《蜀川紀略》一卷，末題「南唐紀略」，即《南唐近事》也。《蜀檮杌》一卷，《錦里耆舊傳》五至八卷，卷末金孝章跋有「此出自海虞馮巳蒼家」之語，則此册蓋從蓮涇所藏巳蒼本傳鈔，卷帙之合併亦如之。前賢鈔書，悉存舊式，其矜慎不苟如此。《錦里耆舊傳》孫明復跋不言有缺，則在彼鈔時尚爲完書，前四卷之亡，蓋在有明中葉，今海内遂無完本矣。此册爲吴門顧湘舟藝海樓舊藏，後歸潘氏，轉入獨山莫氏銅井文房，戊辰歲莫，歸嬰闇插架。一册，八十五番。

澠水燕談録十卷抄本

曩於海上飛凫人手見《澠水燕談》十卷鈔本，卷首有「白隄錢聽默經眼」朱文長方印，卷八首頁有「有竹居」白文方印、「篁村」朱文小長方印、「天質」朱文圓印，購置行篋數年矣。比讀震澤任文田兆麟《有竹居集》十二《跋澠水燕談足本》云：「馬氏《經籍考》：『《澠水燕談》十卷，晁氏曰紹聖間王闢之撰，闢之從游四方，與賢士夫燕談，有可取者輒記之，得三百六十餘事。』明會稽商氏刻入《稗海》，僅九卷二百八十餘條，删削不完。此本乃新城王文簡公從商邱宋牧仲所藏景宋本校過，而是書始復見足本。中所紀録，皆關忠義節行事，不拾怪誕無稽語，乃小説家之有裨史傳者。況北宋舊帙，傳本甚尠，尤可貴。舊冬崑山李茂才筠手録遺余，有竹居中又添一祕册矣。」據此，則是本乃文田舊藏，有竹居印是其明證，篁村殆即李筠之字耶。書法樸厚，一筆不苟，偶涉筆誤，則塗粉復寫，至爲矜慎，豈尋常胥鈔本所能比擬乎。惟册中無文田此跋，又原書有序，此亦無之，意序前有文田藏印，或其後人於貨書時並序跋而去之耶。至卷八首頁印記，蓋去之不盡，幸而存焉者耳。錢聽默名景凱，吴門老書賈也，熟於目録板本之學，同時周香嚴、黄蕘圃、顧千里皆盛稱之，遇有佳書，則識以經眼印記，百數十年來，頗爲藏家所重，蓋有聽默印者，莫非善本也。此書商刻缺第十卷，鮑氏知不足齋刻本第十卷備矣，而中間仍欠一頁。此本從池北書庫所藏據西陂影宋鈔校正本過録，首尾完具，實出諸本上，聽默識以印記，良非漫然，聽默信知書哉。庚午歲十一月初二日，嬰闇居士記，明日冬至。

羅氏識遺十卷 影宋抄本

《羅氏識遺》自明以來僅《學海類編》中一刻之，近世藏家所有大都抄本，卷尾有吴岫方山跋，蓋皆出於一源。頃吾友眉孫吴君游雪竇歸，示以寧波市上所得李柯溪舊藏殘抄本，存一、二兩卷，半葉十行，行二十字，有「道光壬午季秋吴郡張紹仁借觀」題字一行，又一跋云：「黄蕘圃先生知余得錢遵王舊本，以吴枚庵舊鈔本付校，不及錢本遠甚，然多歷代帝陵一則，誰謂舊鈔之不足憑耶。十月十三日，息盧識。」按息盧爲顧南雅別號，據其所言，是殘册乃錢遵王述古堂舊物，取校此本，彼所誤者，此本多不誤，而他處誤者，則賴以訂正不少。歷代帝陵一條，此亦有之，惟殘本第一卷序目與正文相聯，第二卷大題後題「古羅羅璧」四字，與此本異，是必出於宋本之舊，然則是書宋時有二刻矣。惜不得完本通校一過，爲遺憾耳。卷首有「魚門」二字朱文印，蓋此歙程魚門晉芳舊藏也。辛未正月人日，嬰闇記。

默記三卷舊抄本

葉郋園舊藏海昌吴兔牀騫拜經樓鈔一卷本，後録有葉石君跋，經朱朗齋文藻用硃筆録鮑以文廷博校，所據爲三卷本，吴自用緑色紫色二筆再校，陳仲魚鱣用黄色筆覆校。郋園從子定侯又得桐鄉汪季青文柏古香樓藏舊鈔本，其書曾歸彭文勤元瑞知聖道齋，後歸長沙周荇農侍郎壽昌，兩家皆曾手校。郋園據此兩鈔本，合之鮑氏知不足齋刻本，詳加校訂，繕録清本，擬付梓未果。比從定侯借歸，校于潘茉坡藏舊寫本上。此本大段與朗齋所據本略同，然亦自有其勝處。楚生莫君所校「王荆公議阿云」一條，碻有據依，爲舊校諸家所未及。今復綜核衆本，擷其所長，夫而後是書無遺憾矣。庚午十一月望日校起，至廿二日乙丑畢，是日大雪，天氣嚴寒，爲十年來所未有，呵凍記之。

倪石陵書一卷抄本

影明嘉靖本鈔，璜川吴氏、汪閬源氏遞藏，「惠父寓目」印則陽湖趙烈文藏印也。王蓮涇《孝慈堂書目》「《倪石陵書》一卷，毛鳳韶序，鈔白四十番」云云，與此正同出一源。它家書目，未見著録。

畫繼十卷明繙宋本

右《古畫品録》一卷，《續畫品録》一卷，《後畫録》一卷，《續畫品》一卷，《貞觀公私畫史》一卷，《沈存中圖畫歌》一卷，《荆浩筆法記》一卷，《王維山水論》一卷，共一册。《歷代名畫記》十卷，二册。《畫繼》十卷，一册。往歲在湘中得之袁漱六後人者。案瞿木夫《古泉山館書跋》：「翻宋板《圖畫見聞志》六卷，大板，每頁廿二行，行廿字，目録之後空一行，下題云臨安府陳道人書籍鋪刊行，書中宋諱字尚仍缺筆。又翻宋板《畫繼》十卷，板式大小、行欵字數並與前書同，當是陳道人與郭書合刻者」云云。核之此本，一一俱合，則此乃明繙宋陳道人本，以紙墨驗之，當不出嘉靖朝，所惜《圖畫見聞志》不存，所謂目録後題「臨安府陳道人書籍鋪」者，不可得見。此外亦不知更缺幾種，檢邵亭《知見傳本書目》，所載《唐朝名畫録》一卷，《五代名畫補遺》一卷，《宋朝名畫評》三卷，《畫史》一卷，皆有明繙宋本或宋本，行字並同，殆與以上各種同時所刻。後此《王氏畫苑》疑亦從此出，就彼目數之，尚有《翰墨志》一卷，《林泉高致集》一卷，《廣川畫跋》六卷，其爲王氏所增，抑陳道人本所原有，不可知，安得全書一證明耶。此四册中各種，首尾完具，並可單行，雖彙刻各書不全，不失其爲佳本。木夫當嘉道盛時，所得亦僅二種，況今又將百年耶，可不寶諸。癸亥十一月冬至後三日，嬰闇居士識。

滬肆見《益州名畫録》三卷，板刻與此同。癸亥腊月記。

陸其清漻《佳趣堂書目》載有是書目録，除此本十種外，尚有《益州名畫録》《唐朝名畫録》《五代名畫補遺》《聖朝名畫評》《米海岳畫史》五種，都十有五種，殆全帙也。此書全目罕見著録，故予前跋多揣測之詞，今乃涣然冰釋。丁卯九月，又記。

武林舊事 舊抄本

此即《讀書敏求記》著録之本，泗水潛夫序乃遵王手書，卷中朱墨筆校誤補脱，亦均遵王筆。目中朱筆所補字及卷七「咸淳奉親雜録」六字，乃近人莫楚生所增。黄蕘圃題跋云「卷首序乃遵王手書」者，亦即此本。蓋蕘翁曾據此本校過，其時此書藏周香嚴子漱六處，今卷中無其印記，不知藩印者是漱六之名否。

澄懷録二卷 吴枚庵抄校本

此本爲吴氏所鈔，亦即枚菴手校，曾藏潘茱坡、莫楚生兩家，近時潘伯寅、繆藝風藏本皆從此出，蓋秘笈也。比余别得壹是堂藏舊寫本，卷首有翰林院印，殆即《四庫》著録之底本，與此非出一原，如卷上「吾始至南海」條，壹是本「至有萬止」後空兩行，卷下「謝希深」

條後空五行，末多「朱希真」一條，與此本少異。然此本足以訂正壹是本處亦至多，各自有其勝處，因以兩本互校之。此本眉耑所記，皆據壹是本也。黄蕘夫謂儲藏重本，裨益無方，信然。庚午十二月初四日，校畢記。

澄懷録

艸窗此録，近世傳本大抵自吴枚庵本出，南中無别本也。頃購得壹是堂藏舊寫本，首有翰林院印，蓋即《四庫》著録之底本。取舊藏枚庵手校本校讀一過，如卷上「吾始至南海」條此本「至有萬止」後空二行，吴本「有萬」下有「殊乎」二字，而後不空；卷下此本「謝希深」條後空五行，末多「朱希真」一條，而吴本則至「謝希深」條止，是皆此本勝處。然吴本足以訂正此本處亦至夥，因互校之，凡有異同，悉以朱筆疏記卷中，取舍從違，尚待覆審。卷首原序及册尾枚庵識語，亦據吴本所傳録也。既爲跋書諸吴本，復識其源委於此。庚午十二月四日，嬰闇。

「澄懷觀道，卧以游之」，宗少文語也。東萊翁用以名書，蓋取會心以濟勝，非直事游觀也。惟胸中自有丘壑，然後知人心之勝，體用之妙，不在兹乎。余宿好游，幾自貽戚，晚雖懲創，而烟霞痼之不可鍼砭，每聞一泉石奇一景趣異，未嘗不躍然喜、欣然往，愛之者謦以曩事，則悚然懼、慨然難，曰人生能消幾兩屐，司馬子長豈直以游獲戾哉。因拾古今高勝翁所未録者附于卷末，名之曰澄懷，亦高山景行之意也。近世陳德公輯《游志》，然不過追古人之陳迹，非此之謂也，當别續爲一書云。三齊周密公謹父書于浩然齋。

原脱此序，據吴本録補。庚午冬仲，嬰闇學人。

竊憤録一卷續録一卷舊抄本

右《竊憤録》一卷，《續録》一卷，不載撰人姓名，所記爲徽、欽北狩事，《四庫》未著録，惟黄俞邰、周雪客《徵刻秘本書目》有之，其他各家書目間有一二抄本而已。案同時記此事者有蔡絛《北狩行録》、曹勛《北狩見聞録》及《宣和遺事》等書，而此與《北狩行録》獨無刊本，書之或顯或晦，殆亦有幸有不幸歟。是册舊抄，出於湘潭袁氏卧雪廬，册首簽題尚係袁漱六芳瑛手筆。戊午春得之長沙肆中，邇者始獲終覽，凡有所疑，用朱書識之，其所未喻，俟值本覆校。時壬戌三月二十一日，距得書時已五年，余去長沙亦將兩載矣。江都秦更年嬰闇識於上海愛文義路寓舍。

癸亥季冬，從滬肆借得鈔校本，覆勘一過，補正頗多，其誤處亦不少，俟更訂正。十二月十三日夜午勘畢，是夜甚寒。嬰闇。

前後福葉，舊係册中襯紙，審視文字，蓋從興文署《通鑑》浸漬而來。昔人有所謂書影者，此其庶幾乎。嬰闇居士戲識。

日知録卅二卷 黄氏刻本

蔣丹稜彤所撰《李申耆先生年譜》云：「道光十三年夏五月始校刊顧氏《日知録》。先是，嘉定錢氏大昕評釋《日知録》百數十則，生甫録以示先生，乃謀推其義例，通爲箋注，有資實學，嘉定黄潛夫汝誠肯任剞劂之費。既又得楊南屏諸家，皆嘗用功於是書者，有可采録，悉收之，山子、生甫分司之，彤亦與校讎焉。」又曰：「生甫又爲《刊誤》，附於後。」據此，則是書乃申耆先生撰集，百年以來，鮮有知者，特爲拈出，以諗方來。

黄氏此刻傳本極罕，往歲方地山爾謙在京師購一本，至損金四十，余亦蒐求十數年，而後得之，可謂艱且貴矣。《刊誤》初止二卷，逾年又增《續刊誤》二卷，此本無之，猶初印也。其中校改各條，它日當以朱書録之以備覽，兹未遑也。嬰闇居士。

讀書證疑六卷附六九齋饌述稿四卷原刻本

《練川名人畫象續編》云：「陳先生名詩庭，字令華，一字蓮夫，號妙士。嘉慶己未進士。性篤實，精研六書，講求漢學，得錢少詹事大昕指授。工詩，善書畫。卒丙寅，年四十七。著有《讀書證疑》《説文聲義》《深柳居詩文集》。」

近人許溎祥刊《許學叢刻》九種，有《讀説文證疑》一卷，疑即從此書鈔出。瑑字□□，詩庭子，淵源家學，精研《説文》及天算，撰有《説文引經考》行世。近丁福保著《説文目録》，於未見各書列《六九齋饌述稿論説文》一卷，又《説文引經異解》五卷，其實即《六九齋饌述稿》卷二《説文引經異文解》五篇也。著録之未經目驗，其不可信如此。

此書無刊刻年月，而於「詩」字皆缺末筆，當係六九所刻也。《饌述稿》二序言「乙巳道光二十五年春闈就正祁大司農」云云，又朱氏培咸豐元年跋六九所著《九章直指》有「墓草久青」語，見王頌蔚《古書經眼録》。則此書當刊於乙巳後一二年，六九之没，亦必在此三數年中，此可考而知之者也。

此本爲吾邑薛介伯壽舊藏，往歲得之里中書肆。兩書皆辨證《説文》者居多，並精實可信，而印本流傳甚罕，安得好事者爲覆刻行世邪。

瑑字聘侯，見《瞿木夫自訂年譜》，聘侯乃木夫壻也。

讀韓記疑十卷嘉慶五年原刻本

《讀韓記疑》十卷，王元啓撰。元啓字宋賢，號惺齋，嘉興人。乾隆辛未進士，攝福建將樂縣事三月，被誣去，有惠政在民。宋賢學奥博，尤深於易，亦善説禮，有《祇平居士集》行世。爲文誦法昌黎，積數十年之力，成書十卷。凡本文誤字衍句皆加以方圍，校正之字則作陰文，顛倒者則以墨線乙正之，其例與方崧卿《韓文舉正》略相似。至摘正文一二字或一句大書，而所考夾注於下，則此與《舉正》及朱子《韓文考異》所共同也。翁覃溪謂其貫天人古今之力，畢生以之者也。沈餘德云：「凡故時刊本中篇題異字錯簡，晦義僞作，以及洪譜之疏漏，方、樊諸家好奇踵謬之説，《考異》所未及是正者，補闕糾訛，一一疏通而證明之，俾無失作者之意，而並有以慰朱子待後之心，洵屬有韓集來目所未見之書。」信非溢美。世有有志韓文者，求得方、朱二書，益以宋賢此作，於讀韓文有餘師矣。惟《舉正》近世僅有抄本，《考異》李安溪嘗刻之，而傳本甚罕，此書亦流布未廣，倘得有力而好事之家，合此三書並刻之，亦藝林一重功德也。

大唐類要

《大唐類要》二册，片玉齋寫本，末有「烏程嚴可均校」小字一行，蓋即《北堂書鈔》校記也。其例凡本書某卷某葉某行某字或某句有誤，按其行次，以墨筆書其誤字或誤句，他所未誤，悉皆空白，而以朱筆校於行間，徵引繁夥者，則書諸眉端。字小如蠅頭，而始終無一率筆。每葉中縫無卷數，而有小號，或六七頁，或二三十頁，稽其號次，起訖凡五，蓋所校才五卷耳。案《鐵橋漫稿》載所著書目《北堂書鈔》五十五卷一至二十六卷、三十二至六十卷。已刻云云，則此僅得其十一。刻本既無流傳，餘五十卷未知尚存在否，南海孔氏刻時亦未知曾見此否。戊辰九月，見於滬估之手，諧價不成，匆匆持去，未及取孔刻本讎校，故未能辨其究爲某卷也。特此種校書之法，既不污本書，尤便觀覽，足爲後人開示法門，故詳記之。

潁本蘭亭帖

癸亥冬，淮上人攜潁本《蘭亭》來求讐，後有李固桓跋云：「此本自來鑒家俱不知刻於何時，首題思古齋，是元應本中父所刻，趙吴興嘗爲其書《黄庭》者也。」李氏所言，知必有據，惟不言出於何書，俟更詳考。丁卯二月，石藥簃病起書。

玉枕蘭亭半閒堂刻本

右《玉枕蘭亭》，半閒堂所刻也。周公謹《癸辛雜識》云：「賈師憲以所藏定武五字不損肥本《禊帖》命婺州王用和翻開。又縮爲小字，刻之靈璧石，號玉版《蘭亭》。」孔齊《至正直記》亦載之，謂亦稱玉枕《蘭亭》。至文徵明跋乃云後有秋壑印及右軍小象，陳眉公《太平清話》述其形制尤詳。王虚舟題跋云：「明末在陳盤生家，康熙壬子秋爲閩中蕭長源所得。時耿逆方鎮閩，欲取之，蕭靳固不與，後耿反，蕭遂遇害。其子静君，金壇虞氏壻也，攜此石來，逃命守之。」自後由金壇而杭州，入汪魚亭家。汪爲錢文端公門下士，復歸於錢。後聞已歸天府。趙晉齋跋文端搨本所言如是，而文端曾孫警石謂問之四叔祖芑塘，云少時曾見之，今不知何在。則貢入天府之説，似有未確。顧百餘年來不見新拓流播，存佚殆不可問矣。予自得十三行玉版本，即留意此刻，頃乃於里中得之，爰付工重裝，並刺取諸家記載之涉於此刻緣起及流傳蹤跡者，綴於後以備考。時癸亥季夏，更年書於滬上寓廬。

爲吴静安題翁覃溪縮臨定武蘭亭

蘇齋最工蠅頭細書，能以瓜仁書坡公「金殿當頭紫閣重」一絶，則其縮摹此帖，固恢恢乎游刃有餘矣。此本乃葉雲谷屬謝青岩所刻，摹勒精妙，流傳甚稀。咸豐癸丑長沙汪蔚曾刻一石，即據此本重鐫，惟省去雲谷一跋，意蓋不欲以真面示人，不知天下古今無不發之覆，作此狡獪何爲哉。世有考蘇齋縮臨《蘭亭》源流者，當以此爲初祖。壬申四月，從静安借觀，因題。嬰广居士秦更年。

硯刻覃溪書蘭亭序

《蘭亭》縮本以賈秋壑玉枕本爲最先，世傳有二本，前刻右軍像一立一坐也。明代萬松山房本但刻其文，未能畢肖。覃溪因據落水本訂正之，在諸本中字爲最小。此硯背本字較大，余所見又有大於此者，蓋覃溪一生所書《蘭亭》至夥，字之大小，唯意所適，而皆步趨定武，體勢行款，曾無銖黍之失，其用力可謂勤矣。此及小字本並與肥本相近，蓋其瓣香在是，熟處難忘也。静安曩得葉雲谷小字本，余曾爲跋之，今又以此相示，漫書數語歸之。乙亥六月六日，秦曼卿。

蘭亭續考二卷朱竹垞手寫本

余始得此書，見其楷法神似竹垞翁，隨取影印本《華山碑》翁所爲跋對之，用筆結體，無不畢肖，所異者間有穉弱處耳。然而雋逸之氣，紛披于楮墨之外，決非俗手能辦。嗣閱《皕宋樓藏書志》五十六《賓退録》十卷張燕昌跋云：「右大梁趙與旹《賓退録》十卷，竹垞先生早年依宋刊本手録，卷中間有譌筆而無俗體，書卷之氣盎然。先生中年後益留心《説文》之學，便下筆不苟，點畫繁簡，皆有來歷，此可想見先輩學問與年偕老矣。」據此則竹垞翁早年書法本未深造，則此爲翁早年手録無疑。又考《平津館鑒藏書籍記》三《蘭亭續考》二卷，康熙丁亥金風亭長跋稱俞氏《續考》刊本未之見，蓋求之廿載，始得傳鈔。是此書實自翁求得舊本，始傳於世，此本斷爲翁書，尤覺信而有徵。或曰《平津館》本有跋，何以此本無之？然余讀《曝書亭集》，尚有長跋一篇，《平津》本亦不載，蓋當翁之時，書屬創獲，抄録贈人，必不止於一本，此外或更有寫本在，亦未可知，固不得據彼以疑此也。庚申長至，秦曼青記。

按金風亭長爲竹垞老人自號，此册老人手寫者，自一頁至十七頁，及册末二跋，餘則鈔胥所録，首尾凡三十二頁。後二日展觀再記。

王右軍告誓帖

此右軍告墓文，《玉煙堂》《玉虹鑑真》兩帖中刻有智永臨本，此本不知何刻，然極清勁可玩。癸酉歲首，静安爲付工重裝，冬窗展觀，因記。嬰闇居士。

白玉版十三行

壬戌孟冬，有紹興故家出廖氏世綵堂《柳河東集》求售，夾置白玉版十三行一本，驗其紙墨，一二三百年前物也。《柳集》累議不諧，輒購其拓本，聊以解嘲。復從儀徵張丹斧扆得青玉精拓本，以爲兩美之合。中有戴熙一印，蓋爲文節舊藏。又楊大瓢翁蘿軒青玉版跋原刻之端溪石上，今在秀水金吉石爾珍家，丹斧亦有佳拓，並以歸予。更乞閩鄭海藏孝胥題耑，高郵宣愚公人哲畫洛神，合莊一册，可謂好事之尤矣。青玉久入内府，拓本不數覯。白玉版前人鮮有知者，自吴江楊龍石瀨始稱之，謂在杭郡吴氏，且言白玉爲先刻祖本，青玉爲白玉化身。諦審兩本，白玉古勁渾穆，其媚在骨，實出青玉版上，不能不服龍石鑒賞之精。他所品隲，則得失參半，自餘諸家，言人人殊，多有待于商榷，頗思蒐集衆本，博稽羣説，爲之詳加論定。今兹病未能也，識此以俟息壤。是年十一月五日冬至，江都秦更年。

薛刻書譜

右河東薛刻《書譜》，原石舊藏吾揚榕園張氏，十數年前爲無錫帖估張國卿所得，置之毘陵陶氏祠中，尚係北宋原刻，千年故物，不改舊觀，冥冥中殆有神物呵護之耶。先是，榕園主人以所藏唐墓誌十數石鬻人，繼及園壁所嵌石刻，中有《書譜》一通，似仿安本重刻者。張估從之問售，諧價既定，辦資往取，往返經旬，而石已別售。張估責諾不已，園主人乃出此石償之，見是薛氏原刻，驚喜出望外，遂購之，捆載而南，直僅六百金耳。往歲張估以拓本售余，爲述其原委如此。今静安出此册索題，因記其事，俾後有繼南村爲《帖考》者，得以取資焉。惟自薛氏後張氏前數百年中流傳踪迹，則無可訪問矣。丙子秋間，友人錢叔錚自漢皋來，攜示宋拓薛刻《書譜》一册，余曾取新拓校之，苗髮無異，但此少有剥蝕耳。憶及，並記之。戊寅正月落燈日，嬰闇居士秦曼卿跋於東軒。

爲劉範吾跋安刻書譜

安氏此帖刻於吾揚，後歸江鶴亭康山艸堂，而宋時河東薛氏所刻《書譜》，歷數百年，石猶完好，亦在吾揚張氏榕園。吴郡此書，於吾揚緣何深耶。薛刻今轉入毘陵陶氏，安刻不知何在。安氏初刻成時，世稱爲千金帖，初拓至不易得。此始入江氏時墨本，今亦不數覯。吾友範吾劉君於干戈擾攘中得之，可謂嗜好與俗殊酸鹹矣。頃有以翻刻本來售者，因借此本校閲，留案頭旬日，漫識數語歸之。辛未二月花朝後，嬰闇居士更年。

嬰闇題跋卷二

泉州本淳化閣帖

戊辰五月，帖估鄒雲峰以舊拓《淳化閣帖》來售，都十册，首册有「承齋」、「王元美鑒賞」白文長方印，「弇州山人」朱文、「五世司馬」白文二方印，「周氏希申」朱文方印，「樹本」朱文、「森玉」白文小方印，末册尾朱筆書「嘉靖壬寅仲夏端陽後五日，釋於松陵閔氏莊遠樓中，毘陵白忠書音訓」云云。帖中有銀錠欄紋，其第五卷智果書「索靖」以下殘缺，中間亦略有缺頁。十册首行末有「秋壑」二字印。薄皮紙拓，墨色瑩潤，古味盎然，驟觀之疑是宋時佳拓，及徧質諸書，然後知其爲泉州本也。清代諸著録家往往以泉、肅並稱，而目驗泉本者曾不數人，故記載簡略，蓋自明中葉以來，此刻即已艱覯，況今又數百年耶。傳本愈少，見者愈稀，久之將無知者，爰考其崖略，並以初拓肅藩本較其異同，疏記於次，俾後之人有所質證云。

顧從義重刻《淳化閣帖》跋云晚獲泉州本，精好可愛，然其間亦不無訛謬。其第五卷智果叙書至「索靖」遂缺半卷，世代綿邈，無從可考。

余所得本第五卷智果書「索」字以下闕，而帖尾篆書淳化歲月完具，知非拓本脱失，證之顧説，蓋泉州帖本然也。

陳懋仁《泉南雜記》云《淳化閣帖》十卷，宋季南狩，遺於泉州。已而刻石湮地中，久之時出光怪，櫪馬皆驚怖，發之即是帖也。故泉人名其帖曰馬蹄真蹟。

周亮工《閩小記》云原刻《淳化閣帖》十卷，相傳宋南狩時石刻湮於泉州，時出光怪，櫪馬驚怖，發得是帖，故泉人名爲馬蹄真蹟。宋沈源《釋文序》云是帖納郡庠，歲久剥蝕，其後莊少師名夏登，淳熙八年進士，有文名。復摹以傳。則今帖非馬蹄真蹟，乃莊氏摹刻本矣。

馬蹄真蹟既久剥蝕，不具論，莊氏摹本未見著録，其非明代盛稱之泉本，蓋可斷言。今所見泉本十卷，首行有「秋壑」二字印，莊氏登第在淳熙八年，時賈師憲尚未生，則其所摹本安得有「秋壑」印哉。王蒻林述馬蹄帖云，徐澂齋以此本即爲泉帖，按泉帖以宣德間取入内府，不復流落人間，然其拓本往往見之，此帖向亦嘗見二三本，石刻粗燥，字畫枯瘦，且石多破碎，正與泉本不同，當是兩刻，世多目爲蘭州本云云。所謂石多破碎者，其莊氏刻耶。要之明代盛稱之泉本，則非是也。肅藩本刻於蘭州，世亦稱蘭州本，泉刻而謂蘭州本，何耶？是必帖估悠謬之辭，不足爲據。孫承澤《閒者軒帖考》云泉州知府常性於洪武四年辛亥刻於郡學，從《閣帖》祖本摹刻，上可追媲《潭》《絳》，宣德中取入秘府，及至末祺，初拓善本一部價值百金，如近年潘本、顧本，遠不及之。

昔人記泉州本，皆謂宋遺，獨退谷謂爲洪武間刻。退谷明末人，述明初事必出於前人記載，而乃不著書名，豈傳聞之辭耶。王虛舟《帖考》於《世綵堂帖》引退谷此條，兩者本不相屬，虛舟合而一之，得無謂泉州本爲世綵堂刻乎。考之周公謹《志雅堂雜鈔》云：「廖瑩中羣玉號葯洲，邵武人，登科爲賈師憲平章之客，嘗爲太府丞知某州，皆以在翹館不赴，於咸淳間嘗命善工翻刻《淳化閣帖》十卷、《絳帖》二十卷，皆逼真，仍用北紙佳墨摹拓，幾與真本並行。又刻小字帖十卷，王楙所作《賈氏家廟記》，盧方春所作《秋壑記》《九歌》，又刻陳簡齋去非、姜堯章、任希夷、盧柳南四家遺墨十三卷，皆精妙。其石後爲泉州蒲壽庚航海載歸閩中，途次被風墜江中，或尚在，特不全耳」云云。是韋玉諸刻悉入泉州，途次被風墜江，並卷帙缺逸，亦有因由。然則蒻林認泉州本爲世綵堂刻，信有徵矣。退谷謂常性重刻者，吾意殆常性得其石，置之郡庠耳，非重刻也。觀於缺失仍舊，因明白矣。果常氏據祖帖重摹，詎肯留此缺陷哉。況刻手精妙，足以上繼《潭》《絳》，下視潘、顧本，勝之不翅倍蓰，明初工人那得辦此，故曰非重刻也。

綜合諸家所記，泉本源流具在，踪蹟分明。蓋泉凡三刻，一宋代南狩所遺馬蹄真蹟本；一淳熙後莊少師摹刻本；一蒲壽庚載歸廖韋玉世綵堂刻本，歸途墮江，失去半卷，明洪武四年泉守常性得之，置之郡庠，復顯於世，宣德間取入内府，人間遂鮮流傳，明代所稱泉州本，即是刻也。其始末大較如此。

賈師憲所刻《閣帖》，首有「悦生」胡盧印，末有曲脚「長」字印。廖韋玉刻本止第十卷首行有「秋壑」二字印，蓋祖帖爲師憲物，此其收藏圖書也。孫退谷誤合世綵於師憲，故附辨之如此。

此本審係木刻。

泉本較肅本册幅差小，行亦加密，字微斂，而筆畫甚肥大，較直行約短半字，横行合四行約狹半行。

附第一二三册校記

第一册

齊高帝書一、二行間有銀錠紋。

唐太宗《兩度帖》第六行「便」字，肅本撇筆有彎。

《叔藝韞多材帖》六七兩行有銀錠紋。

《進枇杷子帖》「延」字，泉本中直連右小横畫作一圈，肅本如行書。

《昨夜帖》第二行第三字有横裂文。

《昨日帖》「漸」字所从之「車」，泉本作才形，直畫甚短。

唐高宗《過午帖》，肅本「廿五」二字有破筆。

《今遺弘往東都帖》四行末「卿」字右有剥蝕。

弟二册

張芝《終年帖》弟十行「欲」字末筆右曳甚長，無迴鋒。

《看過帖》弟二行「散」字廾右多一小横畫。

鍾繇《弟長患帖》弟二行「少」字撇筆下有一綫若飛白狀。

《長風帖》弟六行「未」字直筆微斷，在兩畫間。

皇象弟二帖弟五行「旅」，肅本末多一點，誤。

王敦《蜡節帖》有銀錠紋，「忽」字、「邑」字損。

王珉《今欲帖》弟三行下「解相」下缺四行。　又缺「王珣頓首白」末五字。

弟三册

庾翼弟二帖「春」字作小捺，肅本作點。

沈嘉長帖弟三行首「安」字撇筆與横畫斷而後起。肅本連作一筆。

杜預弟一帖弟四行「消」字右半無左點。

王徽之弟一帖標題與弟一行之間有銀錠紋；弟二行「可」下一字或釋耳，或釋言，泉本右有一小横畫；弟四行「可」字末筆與下「渡」字右半上一點相連，似不合。肅不爾。

司馬攸帖二、三行間有銀錠紋。

劉瓌之書「頓首」下泉本空缺，肅本作小小字。

王坦之帖末行「惶」字中間有羨畫，肅本無。

王涣之帖弟六行「餘」字下或釋上下二字，或釋具，泉州本作「」，釋上下者是也。肅本於「上」字之右增「㇆」，似具非具，摹刻之失也。泉本「下」字以草書論，中多一小直，蓋晉人書爲求觀美，往往有增省耳。

索靖帖後肅本次劉穆之書，泉本則謝發也。

自弟四册以下闕。

肅藩本淳化閣帖 順治三年搨本

肅府《淳化閣帖》十册，曩年得之湘中，錯亂失次，不辨完缺，而紙墨精絶，置之行篋十數年矣。比偶檢及，重加整比一過，頓還舊觀，但缺失八頁耳。吾見此帖凡數本，帖尾篆書欵識後有「萬曆四十三年乙卯秋八月九日艸莽臣温如玉、張應召奉肅藩令旨重摹上石」隸書三行，又有張鶴鳴、王鐸、肅世子跋尾，跋後亦有隸書三行云「順治甲午張正言、正心承廣陵陳曼僊、濩澤毛香林二師教，補摹上石」。此本無萬曆紀年，亦無三跋，惟九、十兩册尾有「順治三年丙戌長至月」隸書一行。考王阮亭《池北偶談》云：「鼎革時幾淪缺，順治甲午洮岷道陳卓補刻，復成全璧。」據此則此乃未補刻前所拓，所謂順治三年者，蓋摸拓歲月也。所少八頁及三跋，或非此本脱失，殆石刻斷缺歟。此本濃墨綿紙，神采奕奕。相傳初拓用太史紙、程君房墨，人間難得，拓工間有私購者，直五十千。此本拓時去刻成之歲天啓元年才廿有七年，石刻猶新，故仍是初拓紙墨，後此拓本未有能比擬者。翁覃溪跋初拓本，謂今日摹刻疊出，迴視此搨，竟當作《淳化》祖帖觀矣。今亦云然。

順治年月一行，正當萬曆紀年地位，是必别以木刻拓入，初拓及後此拓本皆無之，亦考肅府本者一故實也。鼎革之際，前代藩府，觸處畏忌，故併萬曆元號亦去之，意當時必有不獲已之情事。自辛亥以來，吾所聞見，類是者多矣。

乾嘉時劉文清從王蘭泉乞此帖，謂肅刻非不佳，爲西人以毛頭紙拓之，遂無鋒芒耳。夫拓本優劣，固係乎紙，而墨尤重。此本所用之紙，吾見明代佳刻書多用此種紙模印，世謂之綿紙，或明時本號太史紙，今失其名歟。墨之所貴在黝黑，昔黄山谷論《閣帖》云：「禁中板刻古帖皆用徽州墨。元祐中親賢宅借拓用潘谷墨，光輝有餘，而不甚黝黑。」此本墨如點漆，吾所見文、董諸帖，皆遜之遠甚。乾隆内府《三希堂帖》重訂《閣帖》，紙墨最精，亦不免如山谷所稱潘谷墨黝黑不足，然則此爲君房墨無疑。所異於初拓者，中間斷裂三石耳。

近歲梁任公三千金購一本，矜爲宋拓，實即此刻初拓本也。前後宋明人及翁覃溪題，皆高要何瑗玉一手所爲，紙墨亦與此相等。順治丙戌後二百八十五年戊辰四月，嬰厂居士題記。

《閣帖》宋搨本不易得，覆本以肅藩及乾隆内府重訂本最佳。内府本流傳無多，往年於滬上見一本，值昂未果購，今猶念念也。展卷棖觸，牽連記之。

法帖釋文考異十卷鈔本

閩中友人林石廬寫此見贈，忽忽十年矣。雨窗無俚，出所藏《閣帖》數本，置案頭披玩，草書不可盡識，檢此册觀之。顧氏原刻，余後得安麓村舊藏一本，蝕損已甚，乃汝和手寫上木，書法頗工，石廬跋言改宋體爲楷書，則石廬得之繆藝風者殆翻刻耶。兵戈萬里，無從問訊，徒悵惘耳。嬰闇居士，戊寅六月記。

欽定淳化閣帖釋文十卷吴氏刊本

吴稷堂此刻世不多見，宣愚公譔《金石書存佚考》，欲求此書一讀，十年不得。去年滬市出一部，愚公出十二金始購成，蓋劣估也。此本來自武林，值不及半。燈下讀一過，漫書。

法帖刊誤二卷附一卷舊寫本　盧抱經校

郇園昔嘗語余，名人手寫手校本視宋刻尤可貴。余深服其言，蒐求彌力。抱經先生手校本余僅得二種，《寶刻類編》及此書是也，皆結一廬舊物。嬰闇記。

真賞齋帖

《真賞齋帖》火前本，余今年已望六，始見此册。平日所知吾邑方澤山有一本，中父後人華繹之有一本，他無聞焉。方、華兩本，余皆未見，不知能若此本之墨如蟬翼、紙如黄玉否乎。此册舊爲陳伯衡所藏，往昔繹之以所藏本乃兩殘本配合而成，意猶不滿，乃遣帖估詣陳乞讓，增值至五百金，而陳不許。近歲伯衡流寓海上，吴君静安相與往還，因謀交易。伯衡藏碑最富，獨無《天發神讖碑》，静安乃以家藏一本贈之，此册遂爲破帖齋中物矣。王蒻林稱此帖爲五百年中一佳刻，張叔未尤盛稱之，題識至千數百言，可謂知之深、好之篤矣。静安之真知篤好，不減叔未，既得此本，引爲生平一大快事，舉以詫余，并屬録叔未題記。録竟尚有餘紙，因附記其互易之事，爲異時翠墨中增一雅故云。後叔未百二十年，嬰闇居士秦更年識。

此帖刻于壬午，今與叔未又兩值壬午，奇矣。

晚香堂蘇帖

壬子始入湘，得此於長沙市上，凡十一册。眉山真面，略具於是，他刻多不足信也。雖殘本亦可貴，後之人其寶之。

此帖共二十八册，惠秋韶《帖目》載之。

吴門帖肆所刻《晚香堂》與此無一相同，蓋出於無知妄作，未嘗見此本也。

寶晉齋殘帖

昨歲見沈乙庵藏《寶晉齋帖》殘卷，始知此刻爲《寶晉》之弟二卷弟一種。程南村言南宮知無爲日嘗刻此帖，至寶祐間曹之格通判無爲，始裒泐爲《寶晉齋帖》。二王帖刻皆在曹氏之先，當爲米氏舊刻，據此則《蘭亭》尚係米老摹刻於石。此本紙墨精古，略無剥蝕，自是當時初拓。計自崇寧至今已七百餘年，存於世者不知猶有幾本，不亦重可寶哉。丁卯九月十三日，嬰闇居士記。

往予定此爲王曉本，今始得正其誤，然此與王曉本同一祖刻，則無可疑者。十四日又記。

味古齋惲帖

仲塼此刻既真且精，傳拓未廣。石歸曹氏，增入跋尾四段。静安仁兄藏初拓本，屬録諸跋於此册前後。己卯二月，嬰闇居士記。

南田書法，自晉唐入，而於山谷出，俊逸之氣，撲人眉宇，是則天爲之，不盡關人力也。己卯二月，嬰闇居士題記。

廣川畫跋六卷 明嘉靖楊慎刊本

《廣川畫跋》舊本極罕見，有清一代，亦無刊刻之者。近歲適園張氏刊入叢書，外間始有傳本。此明正嘉間楊升庵在什邡縣所刻，刻工甚拙，而饒有古趣，公私著録俱未見有此本，流傳蓋甚寡也。

郁氏書畫題跋記十二卷 道州何氏校舊鈔本

郁叔遇《書畫題跋記》十二卷，二册，何蝯叟藏舊鈔本，其弟子愚從張振之借得徐星伯舊藏翁覃溪手校本，命其姪伯源用朱筆校訂一過。伯源名慶涵，蝯叟長君也。書衣有蝯叟題字，書根亦其所寫，子愚題記亦在書衣，惟首尾經蠹蝕損，略有缺字，因從吾友吴眉孫借本補完。其書爲覃溪所校，正是昔時何氏據校之本。何本自湘南販鬻至滬，爲余所有，翁校本出自廠肆，展轉歸眉孫插架。兩本於咸豐之元聚於京師，閲今八十餘年，又相值於海上，斯亦奇矣，記以爲書林佳話。壬申十月，嬰闇居士書于古柏僦舍之東軒。

予別有胡爾滎豫波舊藏寫本，存一至六卷，曾經周季貺、魏稼孫兩家校過，與此各有脱誤，然足以補正此本處亦至多，因以暇日，手自校之。卷一楊補之畫梅補彭年和詞四闋，卷二燕穆之山居圖補吴僧玄妙子題詩末尾二句，其正一二字者，觸處而有，大抵鈔本書必得數本參互考訂，始爲完善，此藏書所以貴收重本也。惜七至十二卷無可取正，尚俟別求舊本，爲之校定也。

卷中據覃溪本校改之處：卷四米元暉水墨雲山倪雲林題詩「高低遠近分好景，參差樹林見深檝」七言二句，此於弟九字下增「列」字，成五言三句。卷六松雪自題古木竹石詩「石如飛白木如籀」，改「籀」爲「龍」；又錢舜舉戲嬰圖「寧王玉笛罷愁吹」句，改「罷吹時」；趙集賢謝幼輿丘壑圖董思翁跋末句「或見其杜機耶」，改「機」爲「撰」。似皆意爲點竄，未必有所據依，學如覃溪，何至如是，然出自翁本，固無疑也。可見名人校本，亦須留意參酌，未可漫然相從，記以爲校書者戒，並以自警云。癸酉十一月小盡日乙酉，嬰闇居士又書於古柏僦舍東軒。

書畫題跋記

此胡豫波舊藏寫本，存六卷，缺後六卷。胡氏撰有《鐵網珊瑚》行世。卷二朱書兩行，審爲周季貺星詒手校，卷五《真賞齋銘》《賦》則魏稼孫錫曾手校也，以筆跡定之。嬰闇。

跋唐人寫蓮花經殘册

右唐人寫《蓮花經》殘册，爲吾揚徐芝亭熙舊藏，嘉慶十八年癸酉錢梅溪爲雲間沈綺雲刻《小楷集珍帖》，從徐氏借摹上石，遂傳于世。後轉入秀水唐作梅家，作梅曾刻《緑溪山莊帖》，此經不知曾刻入否。後又歸吴門金子參小耕石齋，友人張丹斧流寓吴中，購得之，舉以歸余，不啻獲一珍珠船矣。近歲見敦煌石室所出唐人寫經不下十數卷，竟無一能若此册之精妙。梅溪稱此册筆筆端凝，筆筆敷暢，自頭至尾，無一懈筆，此宋元人斷斷不能跂及者，信不誣也。戊寅五月，梅雨連旬，樓居索莫，出此展翫，因識其後，距初得已十五六年，丹斧亦於去冬以遭離喪亂，辟地昜山，驚懼而没，擲筆爲之憮然。嬰闇居士。

國朝畫家書卷弟三

余往時論畫，嘗謂新安諸家能以真山水爲藍本，四王則皆從古人陶鑄而成。今見此册中麓臺題畫一則，言用筆須合天時晦明曉暮，是則麓臺亦嘗以造化爲師，於是知余前言之失。所見不廣，未可輕著論議，書此以志余過。戊寅二月八日雪窗，曼卿記。

又卷弟四

畫家之書，多饒别趣，即摹仿昔賢，亦皆遺貌取神，不斷斷於形似。又書家貴能惜墨如金，亦惟畫家能識此意。翻閱此册再過，移我情矣。戊寅二月題静安四兄藏本，嬰闇。

「鑒畫宜先鑒書」，鹿牀此語，最爲精到。鑒別之道，須先多見真跡，亦間有不見真跡而亦能辨者，此則存乎其人。要之，多見勝少見，少見勝不見，然則此册有裨於鑒賞非淺鮮也。花朝日復觀，又記。

叔美跋尾文字書法皆不類，殆假託歟，請質之識者。

何子貞手書七家詩真蹟二册

余客湘九年，中間嘗得道州何氏舊藏王茨檐手寫白石詩詞，蝯叟手寫《構山使蜀日記》，又稿本《阮元列傳》等三種，當時曾以高價撼之，冀其大出，乃竟不果。及余辛酉去湘，不數年遂悉歸之坊肆。葉郎園家羣從購得較多，前歲避地來申，出行篋所攜以相示，其中如宋刻吴才老《韻補》，有李蒲汀、徐松等藏印。汲古閣初印本《説文解字》，有徐星伯手跋。翁覃溪、何蝯叟批校聚珍本《寶真齋法書贊》，翁覃溪《海東金石記》稿本，以及乾嘉諸儒説經諸書，皆併裝厚本，根脚上字並蝯叟所書，把玩摩挲，徒深歆羡而已。近有鄂人鄧姓出蝯叟批校書數種問售，亦在湘所得者。凡《施注蘇詩》，又《蘇詩》鈔本，翁氏《兩漢金石記》、郁逢慶《書畫題跋記》鈔本，蝯叟手鈔淵明等七家詩等書，索直奇昂，《蘇詩》兩種及《兩漢金石記》皆極完整，爲人以重金易去，餘二書以蠹損水濕，不爲人所喜，蝯叟手鈔者，人又不信其果真，久之乃歸余插架。郁氏《書畫題跋記》已別有跋。此本凡録淵明、太白、少陵、退之、樂天、東坡、放翁等七家之詩，用東洲草堂藍格紙，小楷精整，殆其中年讀詩習字時之常課也。中間遇「漢」字皆避家諱缺末筆，與余舊藏《構山使蜀日記》相同。筆法遒厚，多骨豐筋，雖不若老年之臻乎極詣，而體勢已成。昔人論書，最重筆法，若徒求之於點畫面目之間，必不能自成家數。蝯叟之以書法卓絶一世，良有以也。而作小楷如大書，有清一代，唯劉文清與蝯叟二人。諦翫此册，絶非蝯叟不辦。卷中評點，蓋其老年所爲，評語雖無甚精義，然可覘此老一時興趣，故余尤樂誦之。昔人云，棐几三展，晴窗百回，不啻過焉。重裝既成，漫爲題記。壬申十二月　　日，雪窗書。

淵明、太白、子美，以上一册。八十二頁。

退之、樂天、子瞻、放翁，以上二册。八十一頁。

構山使蜀日記

清積善撰，道州何蝯叟紹基手寫本也。舊無書題，無署名。卷首云：「壬午鄉試，善奉命偕丁公典蜀試。」考法式善《清秘述聞》，乾隆壬午科鄉試四川考官編修積善，字宗韓，漢軍鑲白旗人，乙丑進士；御史丁田樹，字芷谿，江南懷寧人，辛未進士。據此知爲積善所著也。《熙朝雅頌集》謂宗韓氏胡，一字構山，累官至御史，不言有何著述。此記詳載經行道里，及往代遺跡，叙述雅絜，不涉瑣事。後三年乙酉，宗韓主考粤西，閩縣孟瓶庵超然爲之副。瓶庵有《使粤日記》二卷行於世，此獨無聞，顯晦固有時邪。蝯叟書法遒厚精古，爲近代大家。此册小楷書縱逸多姿，點畫必盡其勢，與作大字無殊，蝯叟外實未易多覯。卷中遇「漢」字皆缺末筆，蓋避其尊人文安諱也。丁卯二月，新病乍起，晴窗展觀，因識其略，並署其耑曰「構山使蜀日記」云。江都秦更年。

己巳仲冬月當頭夕，重録於海上寓居之石藥簃，是夕大雨無月。

爲吴仲坰題陳孝堅書聯附牋

孝堅陳君書此聯並附一牋云：「《説文》『孌，慕也』，無从心之字。余按《説文》，『婉兮孌兮』之『孌』，籒文作『䜌』，亦即此字，並音力沇切，與後起之『戀』字音正同也。」孝堅爲東塾先生之子，以經學世其家，書法亦不失先榘。陳本籍上元，故曰故鄉人也。後三十四年乙酉，仲坰仁兄檢尊先公遺篋，得此以見示，屬記其附牋之語，走筆誌之。

默齋居士臨帖

故友蕭無畏嘗言，吾揚書家，百餘年來不出包吴一派，惟陳氏喬梓不爲所囿，最爲英傑。蓋謂默齋居士及次公含光也。居士書法自歐虞上規羲獻，間亦闌入宋賢，取精用宏，自成面目。此卷乃居士臨古諸帖，以付賢女友枝女士者，興會飈舉，尤其合作。女士既歸臣川仁兄，遂爲奩中物矣。近於海上見元刻《祖庭廣記》諸家題跋，以其出自何夢華之孔夫人之奩中，彌加矜寵。此卷傳之異時，見諸著録，不亦將目爲韻事，增成故實耶。乙亥重陽前一日，家慈九十生辰，辱巨川枉臨，攜示此卷，留觀一夕，漫識數語還之。

跋傳藏園手札

丙子秋，藏園翁南遊，下榻一秋兄邸舍，適與余居望衡對宇，時相過談，於目録板本之學多所請益。余以所刻《詩外傳》《友林乙稿》贈翁，翁則以遊黄山詩爲余書扇，又爲跋所藏舊寫本書，别後又寄集詞長聯，其誼良厚。不意次年兵禍遽作，烽烟萬里，音問阻絶，回思往事，已同隔世，歲月之不堪把翫，人事之不可逆知乃如是，可勝慨耶。一秋賢梁孟因亂念翁，出所藏手札，裝治作册，以供不時瞻對，而俾余跋之，輒識所感於其後，異日時事既平，翁猶清健，更作海上遊，取此册觀之，亦一段談笑資也。己卯十二月廿二日，雪窗呵凍書。

朱亦奇臨靈飛經

余篋藏唐人書《蓮花經》殘字，虞、褚派也。嘉慶間錢梅溪嘗摹刻上石，謂其端凝敷暢，始終無一懈筆。今觀亦奇先生所臨《靈飛經》，足相印證，古今人何詎不相及耶。此雖細楷，直與大書無殊，以視翰苑中人排如算子者，有僊凡之判矣。己卯八月獲觀，因記。

李柯溪録徐青籐詩

右録徐青籐詩二首并序，無署款，簡末有「柯溪箋」三字。按山陰李宏信字柯溪，乾嘉間以吏目官滇中，晚歲販粥經籍書畫，往來吴越間，段茂堂、黄蕘圃、鮑渌飲、王秋塍、翁海村諸人皆與之諗，嘗爲桂未谷刻《札樸》，海村稱其風雅好古，敦氣誼，重然諾，此紙殆其所手寫耶。戊辰夏六月十七日，燒燭展觀，審定漫記。嬰闇居士。

題顧彂菴畫册

邵埭土地平曠，無山林丘壑之美，彂菴於徐氏晴川閣乃能爲製十六景，可謂極意匠經營者矣。彂菴與張夕菴齊名，世稱張松顧柳。此册於畫柳諸法約略備具，即論其平生精詣，殆已於此盡其能事，洵精品也。始徐氏散出，粥之包夢花，夢花殁後，其孫舉以歸余，旋劉範吾見而好之，遂割愛相讓，兹又爲惠宇仁兄所得，先後纔二十年，已四易其主，而三人者皆爲余友。今過箑齋，復得展觀，固無殊在吾篋衍也。

爲吴静安臨新羅小幅

去年冬，愚公攜新羅小幅過我寓齋，翫賞竟日，覺靈秀之氣撲人眉宇。兹偶憶及，爲静安仁兄圖之，不能得其萬一也。畫端有吴尺凫、汪水蓮、吴穀人諸家題句，猶記穀人一絶句云：「秋聲隱隱激微瀾，忽見蕭郎十五竿。明月未生人不到，自移翠袖倚天寒。」餘已不復省記，漫録於此，以存其概。壬申四月，弟更年畫並記。

臨梅耦長山水畫册

友人宋千居攜示梅耦長山水畫册，留置案頭，暇輒臨之。閱半月得八幀，餘二幀未及爲，而千居持原册去。袁士旦題七絶凡五首，亦缺其二，時余興蓋亦闌矣。江左畫派，自婁東、虞山蔚爲大國，從者風靡，新安一宗，幾成絶響。二梅固新安後勁也，其勝處在能以真山水爲藍本，不徒以筆墨擅長已耳。壬申五月既望，嬰闇居士題記。

題吴興孫慕唐方寸山水小手卷

澄懷觀道，卧以遊之。横寫。

書畫以極大極小爲難能。法書之小者，翁覃溪縮臨定武本《蘭亭》，歎觀止矣。畫則阮文達《石渠隨筆》富陽董東山小册，大不盈寸，而筆墨精妙，人間殆不易得見。王漁洋題顧松巢畫云：「昭昜顧生畫樓閣，絳闕瑤臺生白雲。如蟻宮人三十六，風神都似李將軍。」松巢畫蹟雖有流傳，然如漁洋所詠者，亦罕覯矣。孫君慕唐素工六法，臨古尤精，蓋寢饋于四王者至深，故落筆輒得神似。是卷川容山色，澹冶宜人，而筆蹤堅卓，位置天然，最與耕煙相近。展玩再四，悠然神往，爰拈宗少文語以顔之。昔人評畫，謂咫尺須論萬里，孫君妙機其微，雖納須彌於芥子可也，何必咫尺然後展其萬里之勢哉。二十一年十月，嬰闇居士秦更年題於海上古柏僦舍之東軒。

吴寄山畫蘭小幀

甲戌歲莫，得此畫蘭小幀，筆致秀逸，書味盎然。畫者吴懷，字寄山，號空谷。徧考畫苑諸書，不得其名。據寄山題記云「先孝廉與陳山人石民善」，又引王忘庵評山人畫蘭之語。忘庵名武，清初人，二人既與同時，則寄山縱晚出，亦當在康熙之世。又所舉陳古白及忘庵，皆籍吴郡，疑寄山亦爲吴産，齊人知齊，人情類然，若其生平，則無由考見矣。石民亦不見於畫人載記，士之懷才負藝而名泯没不彰者，知復何限。循覽是畫，誠不勝其慨歎耳。乙亥開歲二日立春，展觀漫記。

寫生唯蘭最佳，而亦唯蘭最難。明季則有陳諸生古白，本朝則有陳山人石民，皆别開生面，自成一家，而王忘庵于諸生則有銅將軍鐵綽板之譏，于山人則有妖嬈女兒倚門賣笑之誚，嘗言文人自古相輕薄，忘庵或亦不能免乎。夫思婦勞人，《風詩》並載；美人香草，《離騷》兼詠。既有合乎温柔，豈無裨於風化。山人雅與先孝廉善，家多遺墨，自幼瓣香，聊以效顰，敢云唯肖。并題似其老社長先生。寄山吴懷。

龕山女士畫卷

生平所見玉臺名跡，極不能忘者，辟疆姬人蔡女蘿花卉册，惲清於花果册，今又見龕山女士此卷，合之而三矣。蔡册藏宣愚公許，有漁洋、南田、玉立、垢道人諸家題識，稱道甚盛。惲册所繪花果，皆八閩産物，每頁有印章，而無題署，頗疑出於僞託，而賦色之工，實出清於上。往歲閩中某君持來問售，索三千金，一笑謝之。龕山筆墨，異於蔡、惲，而古趣盎然，頗存宋元槼範，雖稍蛀蝕，不害其爲妙品也。己卯八月，從則均仁兄借觀旬日，於其歸也，賦一詩記之：「妙繪難忘蔡女蘿，清於花果舊摩挲。玉臺畫品論高下，持比今生未足多。」嬰闇居士更年題記。

爲吴静安題南蘋夫人畫梅册

静安出尊夫人南蘋女士畫梅册子見眎，蓋倣金孝章，而作法取鈎勒，花上不更出枝，吾見項易庵、方密之、高澹遊諸家亦多如是，殆梅花中有此一種歟。往歲在里中見馬氏玲瓏山館舊藏孝章畫梅百葉，直可作喜神後譜，時往來胸肊間不能忘。今觀此册，清勁拔俗，秀雅絶倫，無異重覩馬氏藏本，春艸逸響，復有嗣音，尤於玉臺畫史生色不少，歡喜讚歎，因識其後還之。

題君諾潘然花卉長卷

君諾始見余時，年纔十五六，見案頭有便面，縱筆寫山水而去，心甚異之。今廿餘年，遂成寫生名手，爲世所貴重，殊可喜也。銷翁謂出南田、新羅，洵爲巨眼。叔翁期君爲蓮居士，吾於花果頗愛蓮巢，願君益弘家學也。余見君畫最多，此卷要爲合作。李日華詩云：「畫成未擬將人去，茶熟香温且自看。」請爲君誦之，幸勿輕贈人也。處暑前一日，嬰闇居士秦更年題記，時在庚辰年。

題蕭謙中山水册頁

蕭龍樵游迹半天下，足底江山，釀爲胸中丘壑，迥異恒流。其於古人，取法龔野遺獨多，山木蓊鬱，墨氣沈古，間亦仿新安諸家，以簡易標美，能者固無不可也。此册十二幀，皆其得意之作，曩在舊京，以贈左良袁三兄，孫過庭所謂感惠徇知者，此其是矣。養庵題識，雅與畫稱，誠合璧也。辛巳十月，更年題記。

跋程瑞伯江山卧遊圖卷乙丑正月

青溪老人畫，不涉華亭、太倉蹊徑，游心宋元諸家，自以性情出之。《卧遊圖》短或尺餘，長則逾丈，皆其平日自課之作，今世所傳及見於著録者不過十數，他圖皆記次第，此卷獨否，既以甲寅紀年，則於他圖之後先不難考見。公魯歸檢本集，當自得之。

爾雅正義

己巳春暮，高郵王氏寶昉齋散出書籍十數篋，余稍稍購之，内有邵氏《爾疋正義》一種，批校重叠，附以夾簽，有解説一義多至數百言者，初不辨爲誰氏，及詳加省覽，其中多引段茂堂、錢竹汀、王懷祖曼卿父子、阮文達諸説，間有「保案」云云，然後知此乃高郵宋定之保批閲本，援據博洽，疏證詳明。定之嘗擬撰《爾疋集注》，未見傳本，不知已成書否，此殆治《爾雅》時所旁及者。乾嘉間學人輩出，要以小學爲最精，余往讀其所撰《諧聲補逸》，同時王氏父子、阮文達、孫淵如、姚秋農諸人並推挹甚至，王氏且謂能解此者海内不過三四人，則定之小學之深，當日已有定論，後生末學，何敢妄贊一詞。書法蒼勁，尤可愛玩。葉郎園昔嘗謂余，名抄名校，其寶貴過於宋元槧本，余深服其言，故於此類書珍之不啻璠璵之重。序前音末及八卷之首略有脱頁，今悉仍之，不復繕補，所謂重增其故也。四月十四日，嬰闇記。

目録首頁有「樹玉」朱文大方印，蓋吴門鈕布衣匪石也。此本一、二卷正文旁注直音，亦出匪石手書，筆意疏拙，别饒古趣。二賢手澤，萃於一編，彌足寶已。明日又記。

廣雅疏證十卷

《廣雅疏證》十卷，余求王氏原刻本，久而不獲，去年於翁姓估手中見一本，白紙初印，惟句讀作圓點，不若此之作側，殆覆刻也。有諸遲菊可寶用藍筆過録洪北江批校，跋稱「以銀十兩購於厰甸，手自録之」云云。諧價既成，忽又反悔，劣估可惡，怒而舍之。今秋莫楚生病没，遺書散出，中有此本，雖非初印，已不數覯，遂購藏之，所惜諸録洪校本不知歸之何人，無從借校，爲可恨耳。

埤雅二十卷明刊本

《埤雅》二十卷，非完書也，而此不完之中，仍多脱誤，今世所傳刊本，大抵皆然。此明初刊黑口巾箱本，自九卷至末卷曾經舊人校訂，補亡删衍，用力甚勤，不知出之誰氏。惟卷十四有「皀川藏書私印」一印，或即其人歟。其一至八卷乃以别一刊本配入，脱誤如故，因借長沙葉氏拾經樓所藏明刻黑口大本契勘一過，正誤字數十，補缺葉六，所最可喜者，繕完卷六一卷，蓋此本卷六乃離卷七前數頁以充數者。又每卷末各附音釋一頁，爲此本所無，爰并録之，别爲一册附於後，他日重裝，依次列入，粗可觀覽矣。此本間有一二佳處，猶存原書面目，如序言「先公」皆低一格，葉本則接寫矣。目録後有「後缺」二字，以明此非完書，葉本則删落矣。又葉本誤字，亦有據此校正者，蓋此本雖有脱誤，究刊於明初，淵源固有自也。惟二十卷後無從鈔補，殊爲恨事。案《季滄葦書目》有金刻三十卷本，意必首尾完具，安得復出人世，俾我快讀耶。庚申長至，嬰闇記。壬戌五月，重裝於上海寓舍。

説文引經考校本

山陽丁儉卿先生，道咸間以經師稱於江淮，有《頤志齋叢書》行世，王益吾祭酒編刻《續皇清經解》取之獨多。生平勤于誦讀，披閱所至，丹黄隨之，其批校諸書，時或見於大江南北。此《説文引經考校本》爲其邑人邵朩武所藏，余介於譚仲良，從之借觀，密行細書，始終不懈，凡三百餘則，有正吴氏之誤者，有發吴氏所未發者，考訂精確，足以泐爲專書，因依次繕寫成卷，藏之行笥，後有重刊吴書及輯先生遺著者，皆得以甄録焉。己未五月，江都秦更年識於長沙寓齋。

説文古籀補十四卷補遺一卷附録一卷 初刻本

右黄仲弢紹箕《説文古籀補跋》，録自王文敏《翠墨園語》，中所舉諸失，如「乇」「[illegible]」「綏」「訇」等字，雖異舊釋，説頗解頤。「韶」字从音，乃原始之詞，非盡無據。竊謂今人釋古文，大都以意爲之，書缺有間，止可如此，惟推闡不可不詳，斷制不可不謹，若以望文生訓爲失，詎足以服吴氏之心耶。動武鐘文似非録自《復齋款識》，案《窓齋集古録》趠鼎識云是鼎文載薛尚功《鐘鼎彝器款識法帖》，當即此器。宋時出土之器，至今完好者惟董武鐘、舊釋董，吴釋動。王子吴鼎寥寥數種而已。據此則吴氏既知器之所在，必曾見拓本無疑。《集古録》晚出，仲弢蓋未見耳。其他諸説，意在商榷，非若盲争，吴氏賢者，必樂有此諍友。但吴氏奮力獨爲，不叚佽助，其心甚苦，成書實難，況所失在整齊增省之間，要不足爲此書之病。至謂宜别撰器目一篇，附書刊行，同時江建霞標《靈鶼閣叢書》所刊器目，自阮氏《積古齋》以下至王氏《選青閣》凡十五家，都十六卷，吴氏所依據者，已十得八九，固不必附於本書始爲徵而有信也。庚申十月十九日，江都秦更年記於長沙大古道巷寓齋之南榮。

仲弢謂此書摹寫之精，殆是一絶，信非溢美。余求之十年，廑乃得之。計其刊行迄今才及三紀，而購之之難如此。至戊戌湘中重刊本，曾益一千二百餘字，而彫鏤失真，故人多重初本。是册舊爲永明周季譻編修鑾詒所藏，附録眉端校語即其手筆，蓋亦好古而穎悟者也。是夕鐙下又記。

余藏潘文勤《攀古樓器目》一册，吴清卿所手寫，周季貺爲補完者，世鮮傳本，他日當爲梓行。牽想及之，附識於此。嬰闇。

六書正譌五卷 元刊本

劉氏《嘉業堂善本書景》載至正刊本《六書正譌》一頁，余取此本與之對勘，彼本乃係翻刻，如一東「[illegible]」字彼作「[illegible]」，其「[illegible]」形竟誤作「[illegible]」形矣。其他謬訛，計當不少。六書之學，點畫不容差池，故尤貴原刻，况篆字皆出周氏手寫上版，不更足珍耶。

周秦名字解詁二卷

此《春秋名字解詁》原本也。蓋初題是名，後入《經義述聞》，屬之《春秋》，其中文義詳略各有不同，名字亦有出入增删之處。按先生《經義述聞》一刻於嘉慶二年丁巳，其書凡四册，不分卷，祇五經義，孫伯淵觀察于嘉慶十五年庚午刻《祠堂書目》所收之本是也。一刻于嘉慶二十一年丙子，書分十五卷，前有阮文達序，凡《易》《書》《詩》《周官》《儀禮》《大戴記》《禮記》《左傳》《國語》《公羊》《穀梁》《通説》十二類，即江西南昌阮刻《十三經》時盧旬宣并以付刻之本是也。一刻於道光七年丁亥，增入《春秋名字解詁》《爾疋》及《爾疋太歲考》，凡三十二卷，道光九年嚴杰編《皇清經解》，刪併爲二十八卷所據之本是也。是書之成，當在嘉慶丙子以後，道光丁亥以前，然其書之繁簡異同，可以見先生學問深淺長進，非獨爲藏書家未有之本爲足珍也。

毛詩異義

《毛詩異義》四卷，汪龍撰。龍字叔辰，歙人，鄉舉未仕，著書自娱。此書自述云掇取傳箋與諸家述《毛》及《正義》《釋文》異同著於篇，凡説可兩通，則存而不論；若義當一是而義有從違，乃加論斷；其有前人所論定者，采録其語，定而從之。錢寶琛稱其徵引碻當，斷制精嚴，信非溢美。書成於嘉慶三年，至十八年得《説文》段氏注，又補正若干條，重寫爲定本。又考正《詩譜序》，附於卷末，其次第與盧抱經《鍾山雜記》所述正合。道光四年，其門人鮑方榘於叔辰没後數月，爲之校刊，書作楷體，一本六書，似非寫官所能，殆以叔辰手寫清本上板者，可貴也。張文襄《書目答問·著述家姓名略》中列其名，而目中不著其書，蓋未之見。王先謙刻《續經解》，亦搜羅未及。近人葉奂份於清代説經之書儲藏最富，而亦無此，可見傳本之稀，安得好事爲覆刻之，以廣其傳耶。

李慈銘《越縵堂讀書記·陳奂毛詩傳疏》云：「近儒爲《毛詩》學者，汪氏龍有《毛詩申成》，胡氏承珙有《毛詩後箋》，段氏有《毛詩小箋》，皆竟申毛説，不主鄭箋。陳氏亦屢引《後箋》《小箋》之説，而略不及《申成》，蓋汪氏此書行世絶少也」云云。「申成」殆係舊名，擬而未用，似越縵亦未見此書也。

楚辭十七卷 明仿宋本

《楚辭》王逸章句十七卷，隆慶辛未豫章夫容館重刻宋本，最爲精善，而傳本甚稀。往在湘中見一本，爲葉郎園從子定侯購去。余後十年客居海上，始求得之，亦可謂難矣。近代藏家目録惟范氏《天一閣》、朱氏《結一廬》、森立之《經籍訪古志》、楊守敬《日本訪書志》、繆氏《藝風堂》載有此本，《藝風藏書志》云卷一末有「姑蘇錢世傑寫章芝刻」雙行而無序，與余此本同。葉氏所得本，頃定侯來申，攜在行篋，因從借歸，對讀一過。彼本首有王弇州序，無書刻人姓名，宋諱字皆闕筆，驟觀之似若迥異，及驗其字之點畫及邊闌格綫，自首澈尾，無一不合，但印本彼略在後耳，然後知此書初印本無序有書刻人姓名，宋諱不缺筆，迨既增入王序，鏟去書刻人姓名，又將宋諱字末筆剷去，惟「元」「沅」等字亦缺筆，未知何據。或謂避欽宗嫌名，按「完」字乃以同聲而嫌，非以偏傍嫌也，似「元」「沅」字無所用其缺避，殆鏟削之誤歟。要之，兩本實係一板，非有二刻也。森立之兩本並載，不知爲一板，當係先後寓目，非若余之同几對勘，得以悉其真面，此事之所以貴目驗歟。弇州序言「宗人用晦得宋《楚辭》善本，梓而屬序」云云，刻書者姓字賴此著之，特爲拈出，其序載《四部稿》六十七，今亦不復繕補，以存初本真面。丁卯七月，嬰闇。

楚辭集註八卷後語六卷

右《楚辭集註》八卷，《後語》六卷，卷末記云「嘉靖乙未汝南袁氏校刊」，蓋即吴門袁尚之褧嘉趣堂，其曰汝南者，从郡望也。袁氏所刻書如《世説新語》《六臣文選》，均爲收藏家所貴，而此書幾無知者，豈傳本獨少歟。書中宋諱多缺避，審知原出宋槧。《考證》二卷未刻，或其祖本亡是，然嗣此刻本則並《後語》而無之矣。蓋於明本中求此書，究以此刻爲最善也。偶取黎庶昌覆元本與此對讀一過，互有是非，亦有可以互相訂正之處，因竭旬日之力，悉其異同，疏記眉端，非敢比於校勘之學家，亦聊便誦讀云爾。庚申歲九年八月二十二日，長沙寓廬記。更年。

中秋夜校畢此册，皓月當户，涼風襲裾，煮苦茗食之，至三更始卧。嬰闇。

往余校《離騷》「吾令鴆爲媒兮」注「鴆，運日也」，元本「運日」作「惡鳥」，輒據改之。頃讀《廣雅》「鴆鳥其雄謂之運日」，始知其誤乃在元本。校書之不可輕改，允當以黄顧爲法，書此以誌吾過。九日獨坐睡足軒，燒燭記。嬰庵。

離騷集傳影宋本

此書徐積餘有覆刻本，在《隨庵叢書》中，寫刻並失其真，工藝之事，乃亦今不逮古，何耶。是本影印甚精，惟板匡縮小約低一字，不無美猶有憾。甚矣，兹事之難也。辛未八月晦，晴窗展觀，因記。石藥居士。

離騷賦雜文一册丁道久手鈔本

此陽湖丁道久履恒手寫本，屠静山寄所舊藏也。先是，肆出《陰符經》等抄本一册，有道久題署、印章，爲吾友吴眉孫所得，予嘗獲觀，故於此册見而能辨。名人手翰，寶之寶之。辛未冬，更年審定記。

花間集十卷正德刻本

右《花間集》十卷，明正德辛巳陸元大仿宋紹興十八年晁謙之建康刊本，每半葉十行，行十八字。舊藏吾鄉許蘭汀大令蓉鏡家，乙丑秋其家人以遺書問售，邀余往觀，有清一代別集所儲不少，而舊槧佳本僅此一册而已。未幾書歸高郵馬氏，馬氏雄於資，意數十年間當不至散出。詎知才逾歲而馬氏敗，書歸坊賈。余時方欲歸覲，乘便訪書，而南北鏖兵，江路阻絶，不果行，乃以書抵卞姓估，指名相索，展轉數月，始入吾齋。噫，先後不三年，而三易其主，余今有此，能復幾時。聚散不常，可勝慨歎。原缺九、十兩卷，亟覓舊紙，取仁和吴伯宛昌綬雙照樓覆刻陸本，手自影寫，俾成完書。伯宛跋言：「明繙本晁跋後有『正德辛巳吴郡陸元大宋本重刻』一行，他印本多剗去以充宋本，自《敏求記》以降諸家書目所收，大率皆是本。都穆跋《晉二俊集》謂：『余家藏本，吴士陸元大爲重刻之。』袁翼刻淳熙本《李翰林别集》，亦稱得于元大。王惕甫《淵雅堂集》引顧元慶《夷白齋詩話》：『陸元大本洞庭涵村世家，性疏嬾，好遠游，晚歲業書，浮湛吴市，嘗刻《漫稿》，中有寄余云：嘗記尋君過滸墅，竹青塘上唤輕橈。』據此，則元大乃書賈之能詩者。周弘祖《古今書刻》蘇州府有《花間集》，當即是本。陸其清《佳趣堂書目》《花間集》十卷，震澤王氏刻。案《李翰林別集》版在怡老園，豈此刻後來亦歸王氏歟。臨桂王鵬運以海源閣宋本覆刻，據紙背官文書，證爲淳熙鄂州刊印。汲古《詞苑英華》本有陸務觀兩跋，題『開禧元年』。南宋三刻，實以晁爲最古，前人有謂汲古出北宋本者，殆未考也」云云。於此書刊刻源流，及陸氏故實，援據詳明，無煩更事考索。又云「正德刊書，古雅遠勝嘉靖，是則運會爲之，有莫知其然而然者」，此嘉靖以前刊本之所以可貴也。册中「龍巖艸堂金石圖書」朱文印，往見烏程蔣氏密韻樓藏宋刊《妙法蓮花經》亦有之，又有「陳韜圖書」朱文印，與之相聯。魏滋伯、吴通禮、釋六舟跋皆稱之曰龍巖居士，謂嘗爲桐鄉惠雲寺作碑記，蓋亦博雅而好古者，特不知陳韜即居士姓名否，更俟知者質之。丁卯冬十月，嬰闇居士書於海上寓居之石藥簃。

案王氏四印齋覆刊宋淳熙鄂州本，卷次篇第，與此悉同。其異者，此有總目，彼本無之；此於總目稱姓系官，卷中則稱姓名，所謂名從主人也，彼則每卷前增以目録，每人第一首詞牌下稱姓系官，傍注其名；其一調多首，此有其二其三等字者，彼皆省略，殊失原編面目。其最不合者，卷首結銜「銀青光禄大夫行衛尉少卿趙崇祚集」一行，彼竟删去，幾不知爲何人所撰。《直齋書録解題》云：「序稱衛尉少卿字宏基者所集，未詳何人。」疑直齋所見即淳熙刊本也。序前結銜「武德軍節度判官歐陽炯譔」一行亦删去，而序尾「大蜀廣政三年夏四月日序」，彼則易爲「廣政三年夏四月大蜀歐陽炯序」，移「大蜀」於姓名上，誤認朝代爲地名，謬妄可笑。又序中「乃命之爲《花間集》」句下節去「庶以陽春之甲」一語。詞中夾注，刊落尤多。同一出於宋本，而得失相去若此，顧澗濱云書以彌古爲彌善，不其然歟。十月廿五日，婴闇居士又記，屬千居書之。

余手寫缺卷，重裝時爲書工染色致汙，憤而撤去，三四年來，未一覆視。今歲夏秋間，方擬重繕，而滯下遽作，幾致不起。既愈，目昏手顫，不復能作楷，因倩吾友丹徒鮑扶九鼎爲景鈔補完。裝成，漫識數語，以不没吾友之惠云。庚午冬，婴闇。

絶妙好詞箋七卷

樊榭箋此詞，以北赴春闈，道出沽上，爲蓮坡遮留，共成此箋，遂不復應試，相傳以爲美談。此本紙墨精妙，卷中誤字尚未校改，跋尾發端「詞學」二字亦尚未移「究心」下，蓋刻成時最初印本也。卷四脱失十三葉，因覓舊楮，募工景寫補完，以備觀覽。弁陽老人著作，箋於其所爲詩載有《蠟屐集》，而今無傳本。憶十數年前舊京廠甸出《草窗韻語》一種，自一稿至六稿凡六卷，咸淳間刊本，字仿歐虞，精整可愛，自來未見著録，真異書也，足補箋所不及，因並書之。丁丑元旦，檢觀漫識，以志歲月。嬰闇居士。

項氏絪玉淵堂刻本亦略有箋記，不若此本之詳，樊榭亦列名校勘，序中乃略不之及，何耶。項本刻在此本前，不恒見，故知者甚鮮。更年又記。

九僧詩一卷 舊鈔本

此書人間尚有宋本。曩嘗見寒雲夫人梅真景宋寫本於宋千居手中，今不知何往矣。嬰闇。

天下同文前甲集四十三卷舊鈔本

《天下同文前甲集》五十卷，缺十七、十八、三十、三十一、三十四、三十五、四十一凡七卷。袁壽皆廷檮五硯樓舊藏鈔本，後有跋云：「於五柳居書坊見元刻本，借歸校勘，其缺卷行款悉同，因知此本即從元本鈔出，譌字雖已改正，一日校畢，恐尚有疏漏爾。」是此本蓋景元寫本，誤字並經壽皆校正，洵佳書也。《四庫》著録本缺卷與此同，惟第三十卷不言缺失，初頗惑之，嗣於坊間見馬氏笏齋所藏從閣本鈔録本，亦缺七卷，然後知庫本三十卷非不缺，蓋提要漏數也。馬本行款俱已改易，誤字尤多，書題直曰「天下同文集」，省去「前甲集」字，失原書面目矣。己巳五月既望記。

元文選目一册鈔本

《元文選》，韓小亭泰華撰，初集刊版始成即毁，徐康《前塵夢影録》似曾述之，記以俟考。其書雖不可得見，得其全目讀之，亦大快事。卷中藍色校改之字，審係繆藝風手書。戊辰九月立冬日，石藥簃北窗下記。

購於古物書畫流通處，銀幣八枚，書直之昂，前所未有。

六朝文絜

珊林此選，較彭兆蓀《南北朝文》簡擇尤嚴，題曰「文絜」，名實允符。加以評論圈點，爲學者指示門徑。又復手自繕寫，以付開彫，書仿歐陽，方整堅卓，在有清一代刻本中，實不多覯。印以佳楮，朱墨爛然，故百餘年來爲藏家所貴，非偶然也。光緒中馮竹儒官上海道時，翻刻一本，亦甚可觀，惟紙墨遜原本遠甚。余所藏凡數册，最初印者序爲楷書，僅一葉，後乃易爲隸書。楷書序者大都鈐以許氏印章，隸書者則其印記或許或朱，稍後則無之矣。静安此本，竹紙而不套朱，爲余生平所僅見，物希爲貴，以視朱墨本，彌覺可珍，然非真知篤好者，不能喻此意，静安真解人也。丁丑正月落燈之夕，宣愚公、王叔涵、宋小坡諸人集飲予齋，静安攜以相示，因識其後，以誌歲月。嬰闇居士秦曼卿。

陶詩四卷

東澗此注，曩惟吴東巖《彙注》本略採一二，自拜經此刻出，始見其全。其意重在《述酒》一篇，而它注亦皆簡貴。自馬貴與以次皆極稱之，有以也。此本爲何人借觀，妄以墨筆加圈，竟體瘡痏，殊刺眼目，亟誌之，戒後之人毋輕動筆云。癸酉二月幾望，嬰闇居士。

陶詩彙注四卷 拜經堂刊本

此本爲吾邑楊竹廬都尉舊藏。竹廬名大壯，字貞吉，家北湖，焦理堂《北湖小志》載其家世甚詳，張文襄《書目答問·姓名略》中亦著其姓字，蓋疇人也。癸酉二月幾望，石藥翁東軒坐雨書。

道光間，錢夢廬從海上李氏鈔得吴斗南《靖節年譜》，亟寫以畀錢警石，其意蓋甚矜之，不知萬曆間楊去奢已有刻本。此本刻於康熙間，坊肆時時有之，嗜古之士，專意留心舊槧名鈔，而於時刻略不措意，往往失之眉睫，得非好古之過歟。余生平蓄書，亦犯此弊，因識以自警云。

顏魯公集 嘉慶七年刻本錢衎石儀吉手校

右《顏魯公集》十五卷，嘉慶七年三十世孫崇規木刻本，嘉興錢衎石儀吉所手校者也。其所依據，以《忠義堂帖》爲多。案《衎石齋記事稿・跋忠義堂顏帖》云云，核之此本，凡跋中所舉，均已補正。此帖人間稀有，錢氏四世收藏，衎石復勤於校讐，此外復校以碑本暨《全唐文》，旁及《封氏聞見記》、《杼山集》、《江鄰幾雜志》、岳珂《法書贊》、《容齋四筆》諸書，一鱗片爪，皆所不遺。後得四庫館本，又以朱筆通校一過。陸天隨所謂值本即校，不以再三爲限，並精實正定可傳者，於衎石之校是書見之矣。據帖本所補各帖次於卷末，書法並摹魯公，尤可愛玩。錢氏二石均喜校書，余向嘗傳録警石《蘇子美集》校本，今又得此，余於二石墨緣，信非淺耶。辛未秋九月，嬰闇居士識於上海重慶里寓居小睡足軒。

案卷十四《崔孝公陋室銘記》校云：「此當爲『省改紫薇』也。」『薇』字缺末筆。考錢警石泰吉《甘泉鄉人稿·先考蓉裳府君行述》言「先本何姓，以寄育於錢，遂易錢姓，四傳至海石公，諱薇，嘉靖壬辰進士，官禮科給事中，以論宫寮削職，隆慶初贈太常卿」云云。蓋錢氏至薇始大，故後人避諱惟謹。余以其足爲衎石手校之證，故附著之。

韋蘇州集十卷

《韋蘇州集》十卷，吾鄉項氏絪玉淵堂刻本，原與《王右丞集》同刻，源並出於宋槧，彫鏤極精，此本綿紙初印，或當時單行本耶。眉端有「乾隆丁亥夏五上澣澹川吴文溥讀」墨筆題字，評讀亦用墨筆。又有朱筆者，審其字畫，别爲一人。間有朱擲爲澹川用墨筆剔去，其人蓋在澹川前，書法雋逸，批點當行，必出康乾老輩，顧無題記印章，不能得其姓字，惜哉。澹川著墨無多，意極矜慎，卷八《曉坐西齋》詩評云：「三四句雖幽媚，已逗晚唐風韻。余嘗有句云：『荷香不待風，雨色自成夕。』未識可以方此否。」其自負正復不淺。澹川，嘉興貢生，著有《南野堂詩集》七卷行世，吾鄉阮文達嘗目爲浙中詩人之冠，其邑人沈瓠庵則有吾鄉詩人第一之語，其平日勤學澤古，即此書可見一斑，名固不可以倖得也。

李商隱詩集三卷石印本

近今所傳李義山詩集絶少佳本，比海上國光社假得羅氏所藏東潤手寫校正本付石印行，洵爲藝林珍品。予素愛義山詩歌，特購而讀之，並以他本互爲比勘，間有異同，復爲識之簡端，以備參考。惟綜覽前後塗改之跡，殊覺潦草，意此必爲初鈔之本，或仍有一完本在，第未知猶存人世否耳。目録《安平公詩》後尚有《赤壁》《杏花》《垂柳》《清夜怨》《定子》五題，而加以墨勒，詩亦闕如。嘗見坊本，惟《杏花》無之，他詩並有，且搜及《古今詩話》《木蘭花》一首，又《統籤》《游靈伽寺》一首、《龍丘途中》兩首。案《赤壁》《定子》二詩已見杜牧之集，論者亦嘗定爲牧之之作，《木蘭花》一首人有疑爲陸龜蒙者，他詩雖未見有疑議，然東潤此本始録其目，而繼塗之，當是後據宋本所訂正，宋本既無，似可不録矣。校讀既竟，謹誌數言。宣統紀元八月，江都秦更年曼青跋於羊城客齋。

玉川子詩集二卷集外詩一卷 舊鈔本

《玉川子詩集》二卷，《集外詩》一卷，有慶曆八年中冬望日昌黎韓盈謙甫集外詩序，後有跋云取家藏宋本壽之梓，無年月姓名。莫氏《郘亭知見傳本書目》云時代姓名自是元明間人，陸氏《藏書志》載鈔本正同，而未言有韓序，但云陸焴跋，則余本之跋當即其人而去其名也。又眉批云：「收舊鈔本二卷，《集外詩》一卷，有昌黎韓盈序集外詩首，與《書録解題》合。」眉批出自郘亭猶子楚生棠之手，陸氏《藏書志》爲郘亭所不及見，似亦楚生所增，此本有楚生印記，蓋即指此而言。溯其淵源，實出宋槧，韓盈一序，陸本失之，尤足貴焉。又卷末有名雲者手跋二則，不詳爲何人，楚生亦於此無説。按跋中言：「壬辰冬日，從夏珍塄處見之，因從假歸，不憚手録一册。」考《東湖叢記》載宋蔚如賓王《周益公集》跋，有曰：「吾婁顧子夏珍手録《益公集》十本。」又曰：「康熙壬寅春校訖《吴都文粹》，請政武陵，武陵喜，因授予《益公集》。越十有一日，武陵暴卒。」又：「武陵存日，不獨收藏甚夥，而手鈔祕本，充盈篋笥，尤喜人借鈔」云云。此本所云夏珍塄，疑即顧氏，若然則壬辰爲康熙五十一年，其人當與宋、顧輩爲鄉里，殆即黄蕘翁所稱太倉派是也。其可推知者止此。要之，其人必風雅好事之流，書法樸厚，略無舛誤，固非尋常胥鈔本所可比擬也。己巳夏五廿又一日，嬰闇居士記於海上寓居之睡足軒，是日余生朝也。

魚玄機詩

《魚玄機詩》始嘉慶間雲間沈氏刻於《三婦人集》中，近年江建霞兩刻之，傅春官、徐積餘又刻之。此湘潭劉氏光緒廿三年刻本，彫鏤精好，題詠完具，視諸本爲勝，後併入葉氏《觀古堂叢書》中。此初印本，浄皮料紙，下桃花紙一等。余嘗叩之涇人之業紙者，擬購以印書，竟不可得，或非涇所産耶，俟博訪之。丁卯正月廿二日，嬰厂記。

笠澤叢書 碧筠艸堂顧楗刻本

往歲收得仿元刊本《笠澤叢書》，因檢葉奂份《郎園讀書志》，凡載三本，本各一跋，都三千餘言，略謂：「藏有碧筠艸堂仿元本，分甲乙丙丁四卷，補遺一卷，後有十一世孫悳原跋，前書面題『碧筠艸堂重彫』，然無重刊序跋，不知何時何人所刻。後見光緒間姚覲元大疊山房重彫本，即影刊碧筠艸堂本，是時以爲余所藏碧筠艸堂本即陸鍾輝本，余本失去陸跋，固不知其詳耳。己未春在上海書友楊壽祺來青閣見此書，書面題『碧筠艸堂重彫』，卷首鈐『中吴顧楗手校重刊』八字朱文篆書長方印，又在李子東寓所見一部，亦碧筠艸堂本，其叙目下鈐『碧筠艸堂』四字朱文篆書大方印，知碧筠艸堂本爲顧楗刻本，以爲如此論定矣。乃是冬回湘，持顧楗本與余藏碧筠艸堂本相較，則全然是兩刻，陸本字體秀逸，顧本字體肥大，于是始疑上海所見書面題『碧筠艸堂重彫』中有顧楗印者，或是書估以顧本無書面，借碧筠艸堂書面配之。既爲碧筠艸堂本作跋矣，仍將此跋撤去，以其審定未確，貽誤後進也。頃以重值獲一陸鍾輝本，書面題『水雲漁屋刊本』，其書爲最初印，隨取碧筠艸堂本，逐字逐句，兩相勘證，則兩本實出一版。水雲漁屋爲初刻成新印之書，碧筠艸堂本似印在百册以外，字畫失其鋒芒。至顧楗刻本，字與水雲漁屋、碧筠艸堂兩本相同，而字較大，又無陸跋，是徑覆元至元本」云云。時余篋中僅有一本，無從辨其説之然否。今年夏，吾鄉方澤山家藏書散出，中有陸鍾輝刻本，取校余舊藏本，截然兩刻，知余本爲顧氏本也。惟陸本板已微有漫漶，而書面仍題「水雲漁屋」，則郘園所云水雲漁屋印在前，碧筠艸堂印在後者，乃意必之辭，不足置信，蓋陸本書面始終未易水雲漁屋之名也。頃又從吴門書估購得此本，書面題「碧筠艸堂重彫」，首頁邊闌外有「中吴顧楗手校重刊」八字長方印，與郘園見於楊、李兩估者正合，則碧筠艸堂自屬顧氏無疑。若謂書面係以他本移來配合，安得三本盡同，又何來如許書面供其拈取耶。意者郘園自藏之陸本有碧筠艸堂書面者，或係估人從它本移配，較爲近是。語云占三從二，固可執一以疑三乎。黄蕘圃《藏書題識》《學耕堂詩集》跋有「碧筠艸堂顧氏舊藏」之語，蕘圃耳目相接，必無舛誤，郘園於此蓋考之未詳耳。郘園博聞强識，目無餘子，往往高睨大談，蓋其座人，特以好騁詞鋒，每多武斷，其《讀書志》中所述，不盡可從，惟此書則目驗諸本，始爲一跋，旋復去之，恐誤後進，至爲矜慎。且其所藏陸本，實有碧筠艸堂書面，絶非妄言，宜若可信，顧終不然者，其失在不信所見之兩本，獨信自藏之一本，殆不善疑之過歟。今爲正其説曰：碧筠艸堂本，中吴顧楗所刻也。水雲漁屋本，江都陸鍾輝雍正辛亥所刻也。陸翻顧本，故筆畫略瘦，然間有校正處，復增入甫里先生像一幅、《小名録序》一篇，又自爲一跋。顧刻無年月，要先於陸刻，實在雍正辛亥前。爰詳著之，以諗讀者，非敢固翹郎園之短，猶彼恐誤後學意也。九原可作，倘許余爲諍友乎。辛未冬仲，嬰闇居士。

頃余以此本付書工重裝書面，忽爲所匿，堅索之始出。吾友劉君裝水雲漁屋本時亦然。不知估人何以皆欲得此書面，豈郎園之説既播，購書者必欲得書面以取信耶。而孰知錯亂乃益甚，久之將習非成是，不復可究詰矣。因更記之，俾後之人勿爲書估所紿。郎園之一跋再跋，徒資詞費者，正坐此耳。

笠澤叢書四卷碧筠艸堂仿元刻初印本

曩得方子穎、許南友兩家舊藏《笠澤叢書》，無重刻序跋，亦無書面印記，不辨爲何本。今夏獲見吾邑陸南圻鍾輝水雲漁屋刊本，與此同爲仿元至元本，而卷末十一世孫悳原跋「今清朝右文」云云，此本提行，陸本則連寫。又彼有南圻雍正辛亥一跋，固知此非陸刻矣。近頃吴門估人以一本來歸，書面題「碧筠艸堂重彫」，首頁邊闌外有「中吴顧楗手校重彫」八字朱文長方印，與此同一板刻，然後判定此爲顧楗刻本。楗字肇聲，吳縣人，官陝西蒲城縣知縣，入爲内閣中書。惟刊刻此書歲月無從考見，葉奐份《郎園讀書志》謂楗通籍在雍正末年，服官中外，安有閒暇爲刻書之事，則是書之刻，必在歸里以後，羌無證佐，未免武斷。余初以爲兩家刻此時必甚近，若既知有傳刻，必不爲此駢枝。及今取陸本重加比勘，而孰知陸氏乃據顧本覆刻。稽其徵譣，約有數端：此本字畫肥厚，陸本則較瘦，而每頁板匡又縮短分許，翻板書籍大抵皆然，其證一。陸本與此刻雖有肥瘦之異，而點畫之欹正、筆鋒之往復，無一不同，若使各就原本影摹，決不能若是吻合，其證二。顧本間有脱誤，當出於元本之舊，陸氏則依王漁洋寫本加以校訂，凡卷中補正之字，皆有痕跡可尋，知其所據者爲顧本，補正者乃别一人所書也，其證三。《續補遺》《幽居賦》末尾六行，陸本與此迴異，蓋彼因增入《小名録序》一篇，故併此六行，别繕上板，以前之悉同與此之獨異互相印證，其爲陸氏翻刻顧本，更可無疑，其證四。然則顧氏此刻實先於陸本，在雍正辛亥前矣。《郘亭知見傳本書目》稱此爲碧雲堂本，顧氏所爲詩文名《碧雲堂集》，顧千里跋叢書樓鈔本《笠澤叢書》云「視吾家養拙齋依後至元書院本重刊者爲勝」，則顧氏齋堂固不一其名矣。又吴兔牀謂此本乃吴人王岐所寫，顧於本書皆無明徵，並誌之以資博聞云。辛未十月，嬰闇居士識於學福壽齋。

黄御史集

此唐《莆陽黄御史集》，分上下二帙，長卷頭首序文、目録，上帙起賦、詩訖文三類，下帙起書、啓、祭文訖碑銘四類，每類各爲起訖，末附別録，正德八年癸酉二十世孫希英覆刻宋慶元本也。是集始九世孫沃官永豐日，士人二曾於淳熙丙申爲刻之，慶元丙辰沃又刻於邵州郡齋，案上帙《周以龍興賦》「擴」字注「今上御名」，《以不貪爲寶賦》「淳」字注「太上御名」，皆刻自慶元之證。至明正德中重刻之，即此本是也。萬曆甲申，十九世孫廷良又刻之。後廿二年丙午，曹能始重編是集，依體分類，釐爲八卷，與《歐陽四門集》並刻以傳。嗣二十二世孫鳴喬、二十三世孫起棍等重刻于崇禎戊寅，王遐春麟後山房於嘉慶中又刻入《南越先賢集》内，所據皆曹氏改編本。光緒十年福山王文敏懿榮得影鈔宋慶元本殘册，重彫闕卷，以明崇禎本案宋目叙補，分上下二帙，不分卷，與此本同。案《四庫全書提要》題作十卷，其所據爲黃鳴喬崇禎刻本，實八卷，則「十」字乃「八」字之譌。莫郘亭謂淳熙本分十卷，不知何據，殆以八世孫公度識語以舊藏稿本釐爲十卷而言，不知彼乃《東家編略》之卷數，非此集也。目録家往往未見本書，但憑記載，遂多影響之談。郘亭不第未見宋本，即此正德覆宋本似亦未之見也。此本卷第、行款、闕文、諱字，校以文敏所據影宋鈔本，悉仍慶元之舊。又上秩末尾《送外甥翁襲明赴舉序》、下秩首《與楊狀頭書》各欠一頁，前後仍各存殘文五行，至曹氏重編時，遂皆删削，並其目而亦去之，傎已。蓋此刻在明翻宋本中至爲矜慎，自正德癸酉逮今四百十有八年，傳本益鮮。宋刻既絶跡人間，此本要爲最古，直當以天水舊槧寶之矣。卷首有「東吴葉裕祖仁藏書」白文方印，「汪士鐘藏」白文長方印，末有「石林二十一世孫裕」白文長方印。祖仁爲林宗次子，能讀父書，以不得於後母憂死。士鐘字閬源，爲藝芸書舍主人。今則自黃仲弢家散出者。文敏附案云，板甫刻訖，又續見瑞安黃編修紹箕新得明正德刻本。又云，大題下「黃公度誌」後空行添入賜進士二十世孫希英銜名一行，此是當時重刻人名，書賈挖去，冀充宋本，痕跡未盡，尚存一「賜」字。騐之此本，「公度識」後果挖去半行，「賜」字猶在，則文敏從仲弢借校者正是此本，惟文敏見此在刻成以後，下秩未能悉還慶元舊觀，爲可惜耳。庚午夏正十二月十三日丙戌識。

杜詩詳注

案陳訏字言揚，號宋齋，海寧人，由貢生官淳安縣教諭，以子貴贈通議大夫左都御史，所著書著録於《四庫》者凡二種，又有《日知録》批校本，爲嘉定黄氏采入《集釋》矣。此書評讀於康雍間，歷時蓋甚久，其紀年戊申、庚戌、辛亥爲雍正六年及八、九年也。審其書法，初時字稍大，厥後有紀年者則筆勢轉遒，結體微小，雅近香光，評論亦多改訂，蓋是時人書俱老，學識亦益進矣。卷中凡遇昔人言杜詩某首刺某人、某句諷某事，則必加抹綴，評謂「果如此則是荆棘嶮巇，失詩人温柔敦厚之旨，足開後人浮薄習氣」，此論最有特識，故余尤樂誦之。綜前後論述不下數萬言，録之可成一書，莫楚生謂其所譔《讀杜隨筆》疑由此本撮寫，殆不謬也。惜《隨筆》世無傳本，不能悉其異同耳。己巳四月十八日，嬰闇居士坐石藥簃西窗寫記。

林和靖先生詩集四卷附省心録一卷校本

眉孫購得明陳贄刻本，校於一傳抄本上，取勘此本一過，其不能碻定爲陳本者以「抄」字識之。陳本後有《附録》一卷，所輯詩文甚富，約有四五十頁，他刻所無也。

明陳贄刻本每半頁十行，行二十字。甲戌正月元宵前一夕校畢。

蘇學士集校本十五卷

此《蘇學士集》校本十五卷，始何義門據吕無黨本是正，旋又得吕氏舊藏吴文定叢書堂本，改正目録卷次，其本後歸吾揚馬氏叢書樓，有署名世鈺者傳校之，錢警石又從之轉寫，復加以考訂。余於數年前見錢本於海上，即《甘泉鄉人稿》所云令外孫沈師濟書者，其書自仁和王氏散出，索值甚昂，因留旬日，手録之。時案頭僅有同治間刊本，艸艸過存，殊不愜意。邇者購得徐七來刻本，爰重繕一過，以備插架。余之費日力於此，蓋比之博奕猶賢云爾。警石跋言世鈺不著姓，不知何人。案歸安姚玉裁茂才名世鈺，生平學問，私淑義門，身後遺文乃馬秋玉、半槎兄弟爲之付梓，則其從馬氏借書情事正相近，殆其人歟。庚午九月九日，嬰闇居士題記，時久病新痊，腕弱不復成字。

辛未二月，又得唐耑甫録本，校補數字，復取《四部叢刊》本所附校勘記覆審一過，其中不乏脱誤，且有甚謬妄者，何校真面賴此存之，粗可稱善本矣。嬰闇。

王注蘇詩三十二卷 録查初白評點本

近世所傳王注蘇詩凡有二本，一爲有明吴興茅氏刊，一爲康熙時朱翠庭刊。茅本注有芟節，即此是也。書中用朱筆過録查初白評點，極爲工緻，紀批本中録有查批，取校此本，才得十之四五，苟非過録流傳，從何窺其全豹，是可貴也。卷首有「周鑾詒印」白文、「季譻」朱文兩方印。季譻，永明人，同治癸酉拔貢，光緒丁丑進士，當其貢入京師也，年才十五，名公鉅卿，争折節下之，時有雛伶十三旦者名滿中外，都人士輒以十三旦、十五貢並稱，一時傳爲佳話。寧鄉錢次郇語余者，余以其既資軼聞，而收藏之源流，亦於是乎在，因並記之。丁巳月當頭夕，更年剪燭書于長沙寓齋。

斜川集六卷附録一卷乾隆丁未趙懷玉刊本

癸酉六月，陳澄中見贈。此集刻於乾隆丁未，嘉慶庚午唐陶山又刻法梧門所得《補遺》二卷、《續鈔》一卷，其板仍歸趙味辛，合爲全璧。此庚午以前印本，故止六卷，然初印也。七月朔，燈下補缺字畢，因記。是日午刻日蝕，晚有大風。

晁具茨詩箋

右《晁具茨詩箋》，無撰人姓名，跋尾署曰亮圃，亦不書歲月。跋言「俞君爲序，迄今六百年」。按俞序作於紹興十一年，下數至乾隆元年，適六百年。又言「與西亭先生讐校」，疑似錢唐汪立名。可知者僅此，究不審爲何人作也。此本刊刻似在嘉道間，書估往往去封面、跋尾充舊槧，人多不能辨，或有疑爲翻宋元本者，皆未知爲乾隆初年人所箋。

朱晦庵文鈔七卷

《晦庵文鈔》七卷，明吴訥編録。案四明范氏《天一閣書目》載此書十卷，前集六卷，後集四卷，嘉靖庚子潁川張光祖會集，序稱「海虞吴氏鈔於宣德之初，安陽崔氏鈔於嘉靖之中，兹集合前後爲十卷」云云。此本七卷，與之不應，意必張氏集合時以其卷第畸零，故省作六卷，是則此乃吴氏原編宣德初年刊本無疑，惟序後年月爲賈人割去，不能窺見真面，殊可恨耳。庚申秋日，更年記。

滹南遺老集四十五卷舊鈔本

此本爲朱氏結一廬舊藏，去年夏秋之交得於滬上者。新年多暇，借烏程蔣氏藏鈔本校讀一過。其一卷至卅七卷與蔣本同出吴尺鳧家藏本，行款字句，并無少異。自卅八卷至四十五卷有「青烟紅雨山房」印記者，編次夐乎不侔，蔣本間有缺誤，而此皆完善。簡末續附一卷，而此已在四十一卷中，蓋所據别一本也。目録自六頁以下爲何人抽换遷就，而續附之卷又未削去，致兩本面目爲所混淆，爰爲拈出，以諗讀者。甲子正月初二日雨窗，更年。

葛侍郎歸愚集鈔本

葛氏《歸愚集》，有清一代公私著録均止十卷，黄蕘翁得一殘宋本，僅存卷五至卷十三，凡九卷。又有一鈔本，中多樂府一卷，其本疑出後人補綴，合成十卷之數爾。然則人間傳本皆從宋刻殘本出，無第二本也。其本今藏吴縣潘氏，據《滂喜齋藏書記》，宋本每半頁十二行，行二十二字，楮墨精雅，爲宋刻之上駟。至蕘翁所藏鈔本，則歸之陸氏皕宋樓，今流入東瀛矣。此本即據黄藏鈔本轉録，行款與宋本不合，不知視鈔本何如。間有誤字，尚不甚多，雖曰新鈔，足備宋人别集之一。惟卷一至卷四應改爲卷五、卷六、卷七、卷八，其卷六至卷十應改爲卷九、卷十、卷十一、卷十二、卷十三，至樂府一卷當析出附於卷末，以還宋本之舊。異時倘有暇豫，當依宋本行款重寫一帙，以備插架，識此爲券。辛未臘月廿三日燈下記。時日兵侵上海，炮聲方隆隆也。嬰闇居士。

「郘亭寓公」「影山艸堂」兩印，審係僞作。次日又識。

樂圃餘稿十卷

《樂圃餘稿》十卷，附編一卷，百十一番，二册，影宋寫本，康熙間揆愷功叙舊藏本也。卷中於「敦」字注「太上御名」，「廓」字注「御名」，「構」「雊」「購」「彀」「遘」「覯」「勾」等字注「高宗廟諱」，「完」「桓」「紈」「汍」等字注「欽宗廟諱」，「讓」字注「濮王廟諱」，「慎」字注「孝宗廟諱」，「煦」字注「哲宗廟諱」，「姞」字注「徽宗廟諱」，在宋刻書中避諱最爲謹嚴，與他本之僅缺末筆者迥異。此本先生姪孫思哀次於紹熙間，而「廓」字注「御名」，蓋至寧宗朝始刊行耳。

白石道人詩詞集跋

右《白石道人詩》一卷，《歌曲》六卷，《别集》一卷，王莶檐據厲樊榭本手鈔者，樊榭則得之符葯林，殆皆一時所傳録也。符本後付吾邑陸鍾輝刊行，世稱善本。華亭張奕樞單刊《歌曲》六卷，亦同出一源。陸序曰：「《白石道人詩集》一卷，蓋本臨安睦親坊陳起所刊《羣賢小集》，更竄入麗水姜特立《梅山稿》中詩，幾於郛斐之無辨。《歌曲》六卷，著録於貴與馬氏者，久爲廣陵散矣。近雲間樓廉使敬思購得元陶南邨手鈔，則六卷完好無恙，若有神物護持者。予友符户部葯林從都下寄示，因并《詩集》，亟爲開雕，公之同好。《詩集》稍分各體，釐定去竄入之作，《歌曲》第二卷、第六卷爲數寥寥，因合爲四卷。」張序曰：「壬子春客都門，與周子畊餘過澹慮汪君邸舍，見案頭有《白石道人歌曲》六卷、《别集》一卷，係陶南村手鈔本，而樓觀察敬思所珍藏者。澹慮爲誦『異書渾似借荆州』之句，意頗矜之，因共襄録副，加校讐焉。嗣是南北分馳，居諸荏苒。迨戊午秋，而澹慮云亡，畊餘以鈔本屬余，顧自維雖好倚聲，未諧音律，質之黄宫允唐堂、厲孝廉樊榭、陸大令恬浦，先後重加點勘，而與姚徵士鱸香商定付諸梓。」按兩序述此本授受源流，至爲詳晰，《詩集》之鈔合當出自葯林，觀于此本及陸刻可知也。符、張兩本各有校訂，而樊榭皆參與其間，若擷取衆長，自以樊榭本爲勝。陸刻雖同一祖本，惜其增省卷第，竄易次序，致令書棚、嘉泰南郵據嘉泰本抄兩本面目不可復覩，殊爲恨事。此册從原本過録，不失故步，舊鈔之可貴固如此。《詩集》補遺較陸刻多《菖蒲》七絶、《三高祠》七絶、《和王秘書游水樂洞》五律、《於越亭》七絶共四首，諸賢酬贈詩少《張功甫鎡》七律一首，意此殆樊榭、葯林各自掇拾，不無異同，要於本書無關要義。茨檐爲仁和諸生，與葯林及杭堇浦、汪槐塘、張南漪稱松里五子，家極貧，事親至孝，于書無所不讀，肆力詩古文詞，深入古人之室，書法顔歐，手自鈔録，一筆不苟，其手寫經籍甚爲士林珍重。事詳《杭州府志·文苑傳》。此書舊爲高蘭陔所藏，後歸魏松窗家，守之三世，余則在長沙得之何蝯叟後人者。流傳有緒，因并記之。己未十月晦日。

案茨檐名曾祥，字麐徵，杭堇浦《道古堂集》有「同里王瞿曾祥」序，堇浦亦有《與王瞿書》，豈初名瞿，而後以字行耶。俟考。

吴振棫補吴顥《國朝杭郡詩輯》二十王曾祥小傳：「堇浦俯視一世，聞茨檐死，嘆曰吾浙無王瞿，讀書種子斷矣。」瞿蓋其别字云。

白石道人詩集二卷集外詩一卷詩説一卷歌曲四卷歌曲別集一卷高郵宣氏刊本

此本吾友高郵宣愚公哲所刻，此外尚有十許種，三十年不印書矣。剞劂氏爲吾揚城東磚橋刻經處，頗工整可喜，今無此刻手矣。癸酉冬，曼翁記。

白石行實考

近人夏承燾撰《白石行實考》，徵引博洽，亦善闕疑，惟據吴履齋《暗香》《疏影》詞序謂白石年齡當在七十五歲以上，此則不能無疑也。白石詞刻於嘉泰壬戌，詩中紀年亦至壬戌而止，果如履齋言，自嘉泰至紹定凡廿餘年，不應無詩詞傳世。史志載有《叢稿》十卷，即《詩集》二卷、《詩説》一卷、《詞集》六卷、《别集》一卷，合之爲十卷也。有謂詩三卷者，乃併《詩説》數之，非别有三卷本也，不得謂遺作在《叢稿》中今佚不存也。然則履齋之辭果實録耶。舊譜據韓澗泉詩注斷其没於開禧三年，情事最爲相近。白石卒以末疾，末疾即中風也。蓋自嘉泰壬戌後即不復能御筆硯，故無詩詞，延至丁卯即世，年約五十歲。舊譜謂其生於嘉定戊寅，舊譜推計，似不甚謬。澗泉與白石同輩交好，言必無誤也。履齋《暗香》《疏影》詞序稍加紬繹，誕妄立見，殆皆虚搆也。白石没時，履齋纔十三四歲，意其既長以後，聞白石有聲江湖間，而不知其存没，久之，疑其或已老死，欲引以自重，故吞吐其辭，於兩次晤面則歷舉甲子，以其無可質證也，於其没也則但曰聞其死西湖而不言某年，於殯白石者但曰諸丈而不舉其姓字，作詞之歲去助殯時凡幾年又不明言，但曰不知又幾年矣，此皆有可質證者，故其言模糊影響，意在勿授人以隙，而不知其用心已昭然若揭。好名之人，往往喜攀引老輩，以自矜詡，古今同然。昔包慎伯謂嘗與劉石菴論書於毘陵舟次，而是年石菴未至蘇也。近羅雪堂言施均父於某年以劉平國刻石寄請考訂，稽其甲子，均父已前卒。此二事也，可爲履齋作佳證，因並書之。

方泉詩集舊鈔本

右《方泉詩》《疎寮小集》《臞翁詩集》三種，蕭山湯湘畦先生手校，册首「湯湓圖書」印可證也。先生名湓，字紹南，乾隆甲午副榜，官杭州府學訓導，年九十五卒。此本校於乾隆己卯，時年已八十有八，劬學澤古，耄而不倦，誠所罕覯，書法尤古樸可愛。其「湯元芑烝詒之圖書記」及「稻邨圖書」兩印，則先生子也，乾隆丁酉拔貢生，官江蘇海州直隸州知州，先先生卒。王晚聞宗炎爲先生高足弟子，《晚聞居士集》中有先生傳，偶閲及之，因識其略。癸亥冬至後六日燈下呵凍書，更年。

湘畦先生著有《明謚法考》《五代史閏季録》《湘畦雜佩》《學製編》《自怡集》《暖姝漫稿》等書。

松鄉集十卷鈔本

吾友吴君眉孫曩在京邑，見徐梧生家精鈔元人任叔實士林《松鄉集》十卷，以直昂不能得，乃俾書手分卷草録之，嗣又楷寫一本以插架。比來滬上，偶話及此，輒以草本乞予，凡存卷四以下七卷，余因補鈔三卷足成之，於是石藥簃中又增一元人别集，眉孫惠我多矣。《四庫全書提要》於叔實文少有微詞，言其文往往拗澀，又間雜以偶句，爲例不純。任文田兆麟《有竹居集》書後謂：「當南宋末造，文體日卑，公獨志在復古，力掃北宋以來冗率輕孅之習，識誠卓、功誠偉矣。」稱道甚盛，殆以同宗而然歟。要其起衰振敝之功，不容泯没，在元初固卓然一家也。文田又言此集有泰昌年家塾重刊本，余則未之見也。庚午季秋展重陽日癸亥，嬰闇居士秦更年記於海上寓居之小睡足軒。

僑吴集

右弘治丙辰張企翔重刻《僑吴集》也。初書估以此來售，謂爲元刻，索值甚昂。余檢《蕘圃藏書題識》載「鄭元祐《僑吴集》十二卷，乃弘治中張習重刻本也，就張跋語鄭有《遂昌山人集》《僑吴集》，是元時實有兩本，今不可得見，所存者重編本耳。字跡古雅，與張來儀、徐北郭諸集悉同。第十一卷《前平江路總管道童公去思碑》脱五、六兩頁，惜無刊本可録，仍當缺之」云云。此本卷十一正缺五、六兩頁，與蕘翁跋適合，是必弘治刻本無疑。張跋無存，殆舊時估人所損。余因詳舉以告售者，乃得成議。舊估之去跋冀充元槧，今估之誤認爲元槧，實皆此刻書法生動，紙墨古雅，有以使之然也。蕘圃言此集爲張習重編，蓋本於《四庫提要》，余閲謝徽至正二十年序云凡文□百□篇十二卷，則此尚是謝氏序時原第，不得謂爲張重編也，豈四庫館臣及蕘圃皆未見謝序耶。

每頁廿四行，行廿四字，黑口。

存復齋集舊鈔本

頃有鄂估收得舊刻書數種，用寫真法影印樣本，寄余問售，内有明初刊朱澤民《存復齋集》首頁一張，每半頁十一行，每行二十字，黑口雙闌，中縫魚尾下標「存復卷一」，下記頁數，據《滂喜齋藏書記》，乃成化十一年項璁刊本也。余因取此本勘之，行款、方幅、闕文悉與之同，知此乃從項本影寫，惟中縫字略去，又「靈」作「灵」，「萬」作「万」，「齋」作「斋」爲小異爾。卷首有「朱彝尊印」白文、「秀水朱氏潛采堂圖書」朱文二方印，疑即朱氏所鈔，後歸諸城李方赤璋煜，其中「禮南經眼」一印，即李氏印記也。黄蕘翁跋此書，謂虞道園序大字書，惟朱文游本爲全，餘皆失之，又云鄉後學吴寬、王鏊贊兩頁識是攙入。此本序完全，兩贊亦備，蓋題朱氏畫像者，蕘翁云是攙入，不知何謂，實則缺一畫像耳。辛未十二月二十日，嬰闇居士。

滋溪文稿三十卷舊鈔本

《滋溪文稿》三十卷，元蘇天爵譔，卷首趙汸序，目録後馬祖常、陳旅題識，及祝蕃、商企翁象贊。是集自明以來未見傳刻，江浙藏家所有皆從文瀾閣本傳鈔。此本凡遇「天子」「列聖」等字皆提行，尚係出於元時槧本，鈔手亦頗不俗，可尚也。間有誤字，大都因形近致譌，以無依據，未敢輕改，覽者當自得之。

篁墩文粹二十五卷明弘治刻本

始予於滬肆見《篁墩文粹》殘本三册，以其稀見，損十圓收之。未幾有廠估來言，有殘本可以配合，遂與約定歸後寄來。及歲暮郵至，凡存四册，缺卷十一之卷十四共四卷，余適有之，紙墨亦正同，殆一時所模印者。唯索價多至百五十元，往復再三，給以五十元，並加給向所借印繆藝風校刻《三唐人集》十部，始成交易。此書舊爲顧俠君秀野草堂插架物，轉歸鹽官吳氏時即已不完，乃遲之既久，入余之手，復成全璧，神明煥然，頓還舊觀，深用自喜，因即付工重裝，以爲卒歲之娱云。癸酉東坡生日記。

奇零艸二卷續艸一卷舊鈔本

余讀《湛園未定稿》見此序，因録以冠諸卷首。序稱凡五七言近體若干首，是其甲辰後所作，則湛園所見僅《續艸》中之一帙耳。余後于湛園二百餘年，乃獲覯其全稿，爲幸多矣。更年。

《奇零艸》二卷，《續艸》一卷，明張煌言撰。煌言字玄箸，又字蒼水，浙江鄞人，崇禎壬午舉人。甲申以後督師于東南十數年，卒以力竭被執。當其赴杭也，防守卒史丙者坐船首，中夜忽歌蘇武牧羊曲，以相感動。公披衣起曰：「汝亦有心人哉。雖然，吾志已定，汝無慮也。」扣舷和之，聲朗朗然。歌罷，酌酒慰勞之，遂日呼與語，因得藏其遺集。宜興徐堯章出金從丙購之，曰：「公之真迹，余日夕焚香拜之，不可以付君。」乃鈔以歸。今世所傳鈔本，大抵皆自徐氏展轉而出。此本《續艸》後有缺佚，考其紀年，乃壬寅、癸卯、甲辰所作。公就義在甲辰九月七日，是年所作五律詩已見前，而最後有題無詩者爲《癸卯除夕夜泊連江》七律，則是癸歲之詩已盡，所佚者僅甲辰所作七律耳。西溟所見五七言近體爲公甲辰作，故知無別體也。此本舊爲馬翁伯梁所藏，卷首題銜即其手筆。昨冬在里，謁翁於大玲瓏山館，老病頹唐，經月未起，榻前執手，猶以曾得佳本書爲問。臨別從枕畔檢此爲贈，且謂七十老翁，行將就木，他日歸來，不知能否相見。意若贈此以爲永訣者。及余入湘，而赴書隨至，爲淒然久之。翁名蔭秦，甘泉人，生平精於詩，喜蓄舊籍，於前明遺老詩文搜羅極富。尤好客，相款一出以誠，治具必精必潔，郡之言風雅者咸趨焉。顧於家人生産，曾不措意，累萬鉅資，坐是耗盡，晚年乃舉所藏書易薪米以存活，而不向人言。附記于此，亦可以見其概矣。己未花朝，秦更年跋於長沙寓齋。

既得此後二年，又得二硯窩寫本，分體編次，首七律，次七絕、五律、五絕、古體、七言古、五言古，而《續艸》中詩皆不見。首有徐闇公序，末有鄭秦川跋。

棗下小集一卷 原刻本

此集楷法與《漁洋精華録》《午亭文編》《堯峰文鈔》絶相類，讀集中箇字、芳字韻詩，時林吉人方同客京師，相與酬唱，則爲其所寫無疑。余别有《古夫于亭詩集》一册，在《精華録》外者，亦其手書付梓，是林氏所書當時名集，並此而五矣。戊午冬，友人譚仲良收于長沙書肆，明年舉以歸余，重爲裝過，記其端。三月七日燈下，嬰盦。

遺山堂詩 精鈔本

高阮褱《遺山堂詩》二册，凡分賦、四言、樂府、五古、七古、五律、七律、七絶、詩餘等類，每類各爲起訖。其後《京臺詩》則始五古，終七絶，中多五排、七排、五絶諸體，編次略如《容齋千首詩》例。按鄭方坤《詩人小傳》，高詠字阮褱，號遺山，宣城人，與施愚山、梅杓司，耦長友善，弱冠爲諸生，年六十始以明經貢入太學，又數年召試博學鴻詞，授翰林院檢討，未幾乞休，旋卒。所爲詩音節雄宕，波瀾老成，直造常侍、嘉州佳境。《感舊集》小傳稱其有《遺山堂》《若巖堂》等集。道光中宿遷王惜庵相輯《國初十大家詩鈔》，以活字排印，中有遺山詩，跋言先生詩未見刊本，得舊鈔本，即爲編入。此本新自王氏散出，正其所據之祖本，惟惜庵去其詞賦，並删詩廿餘首，釐爲四卷，失其舊矣。其五排首頁有「新安汪氏」朱文、「啓淑信印」白文兩方印，蓋汪秀峰開萬樓故物。秀峰去阮裒不遠，已收鈔帙，當時似未付刊，而詞賦兩類，不得此本，無從窺見全豹，信秘笈也。辛未夏正元旦雪窗燈下，嬰闇學人秦更年識。

陋軒詩六卷康熙間方氏刻本

吴野人《陋軒詩》初刻於櫟下先生，再刻於汪芾斯，三刻於方于雲，並在康熙間，而以方本爲最足，即此是也。厥後信芳閣活字本、繆氏重刻本皆從此出，惟活字本於卷一末《羅母初度》以下各詩列作補遺，似其所見已非完帙。繆刻則析爲十二卷，失原編面目矣。

己巳夏，得于海上，重莊記。

湛園未定稿八卷 二老閣刻本

《湛園未定稿》八卷，二老閣刊本也。考二老閣爲湛園里人鄭南溪承其高州府君之命而築，蓋高州以平子先生爲父，以黄太冲先生爲師，念當年二老交契之厚，遺言爲閣以並祀之。閣成，取家藏書及太冲先生遺書貯於其下，全謝山有《二老閣藏書記》，載在《鮚埼亭集》。此稿間有誤字，苦無别本可校。如《唐賢三昧集》《日下舊聞》二序，異於漁洋、竹垞所刻者數十字，且有先後倒置之處，不知孰爲定稿。光緒中馮保燮、王定祥刻有《姜先生全集》凡三十三卷，異日當購其書一校勘也。丁巳九月，得於長沙華林堂。明年三月，付工重裝，書此以誌歲月。嬰盦。

重印江都汪氏叢書序

吾邑儒林汪容甫先生，乾隆中以高文碩學雄一世，至今爲海内宗仰。生平所著書曰

《述學》，初刻三卷本，阮氏《琅環叙録》二卷本，家刻宋體小字四卷本，楷體小字六卷本，後併入《叢書》中，淮南書局覆刻六卷本，附方濬頤校勘記。曰《遺詩》，家刻本，後併入《叢書》中，光緒乙酉述古堂活字本。曰《廣陵通典》，道光癸未家刻本，後併入《叢書》中，淮南書局覆刻本。曰《大戴禮記正誤》，曰《經義知新記》，以上二種《學海堂經解》本。曰《春秋列國官名異同考》，《蟄園叢書》本。曰《舊學蓄疑》，《木犀軒叢書》本。曰《國語校文》，《靈鶼閣叢書》本。皆有板刻行世。曰《春秋述義》，則僅存四篇，附《述學》後。曰《春秋後傳》，曰《彊識録》，曰《問禮堂書目》，當時疑皆有成書，而世未之見。曰《尚書考異》，曰《小學》，曰《説文求端》，曰《秦蠶食地圖表》，曰《宋世系表》，曰《金陵地圖考》，則皆草創未成者也。其所校《儀禮》《爾雅》，胡氏、郝氏兩《正義》采之；所校《荀子》，見於謝氏刻本，王氏《讀書雜志》亦采其説，此原本無傳，而於他書見其崖略者也。又所校《賈誼新書》《墨子》皆藏於家，今不知存佚。先生子孟慈，紹述父業，於先世學術行誼見於諸家記載者，悉加最録，間有異辭，輒附辨論，蓋以自所爲諸書跋尾成三書，曰《年譜》，曰《汪氏學行記》，曰《孤兒編》。以上三種家刻本，後併入《叢書》中。居母憂時撰《喪服答問紀實》。鎮江寶晉書院刊本。其歷官中外、治河論政之作，則别爲《從政録》。汪氏父子之書，大略具此矣。顧刊行各本，海内藏書家猶多未備。今年春，丹徒尹石公自京師來滬，一日聚於海寧陳乃乾寓齋，二子於汪氏之書與余有同嗜，互述所見，各有闕略，而於《遺詩》皆僅見翻本，《年譜》則皆未之見也。相與歎聚書之難，而謀所以廣其傳者，不容復緩。因屬乃乾更事蒐訪，果於南陵徐氏積學齋假得《汪氏叢書》家刻，七種具在，驚喜過望，爰取學海堂以次各刻凡六種，都十有三種，併付影印，方氏《述學校勘記》附焉，於是孟慈家刻遂得覩其全帙，倘亦治汪氏學者所樂聞歟。既竣功，因述其原委如此。旃蒙赤奮若余月，邑後學秦更年。

述學三卷 劉端臨校刊本

此劉端臨爲汪氏校刻本，易名《汪容甫集》，後孟慈不欲去「述學」之名，故弟三卷仍復其舊，終以改變容甫自刻本款式，未經印行，由顧千里别爲校刻一本，即今所行楷字六卷本也。此本乃當時所印樣本，朱字皆端臨所手校，余以重值得之羅子經者。葉奂份《書林清話》言此爲容甫自刻而孟慈不知，謂爲子不知其父，實則奂份不知此爲端臨所刻而孟慈棄而不取者。兹先識其略於此，俟稍暇，當爲跋以詳之。

述學六卷

少時於諸鄉老中最好容甫先生《述學》，从淮南書局購一覆刻本，置之案頭，幾於韋編三絶。壯游四方，欲求一原刻初印本，迄未之遇。戊午春，再至京師，詢之廠肆，直甚昂，且無存書。歸途過海上，聞羅叔言振玉遇即收之，直十六金，悉以販之日本。念此書中土流傳將日少一日，於是所至閲肆，蒐訪益勤。頃在長沙獲購此本，爲之距躍三百，蓋自始訪求，迄今已十五六年，南北且萬餘里矣。此書刊行非甚久遠，而得之之難如此，使非身經其事，孰能喻斯甘苦。用識於端，俾後之人知所寶貴云。太歲在己未九月廿有八日，更年記。

惜抱軒詩集十卷原刻初印本

此江寧汪梅村先生士鐸藏本，題記及眉評皆先生手筆，舊藏之家不知出自先生，悉爲割去，夾置書縫中。余因重爲黏綴，俾還舊觀。丁卯十一月冬至日，嬰闇記。

是集後印之本卷五後多古詩十一首，卷十後多近體詩四十二首。此初印佳本，可寶也。

惜抱先生尺牘八卷海源閣刻本

是刻傳印至尠。曩廉惠卿泉在京師，以數十金購一本，覓名手重摹上版，矜爲佳刻，其實去此遠甚。而此本以薄緜紙精印，二册統共二百頁，不欠一頁，尤可愛翫。癸亥仲冬，嬰闇手記。

淵雅堂集二十卷

始余得《淵雅堂集》於湘中，詩文並有缺失，後數年傭書海上，得一文集，補入之。詩集雖嘗一再見，皆竹紙者，意有不愜。今又數年矣，又得一殘帙，仍竹紙也。念自始迄今，已十五六年，倘更失此不收，或將終無配完之日，遂就余所缺卷購之，付工重裝，册之大小並裁歸一律，備案頭翻檢。雖紙色黄白相間，不能盡復舊觀，而余心亦良苦矣。後之覽者其鑒諸。丙寅六月，嬰闇揮汗記。

淵雅堂未定稿

讀王惕甫《淵雅堂未定稿》，秦小峴嘗謂其好自尊其文，姚惜抱與君書亦有「學問之事，天下後世之事，非自尊者所能高，亦非自卑者所能下」之語，皆切中其弊。然小篇亦頗有完美者，王葵園撰《續古文辭類纂》，顧屏不之録，何耶。又吴江張鱸鄉士元《嘉樹山房集》，其文尤潔净，時出惕甫上，葵園亦不之及，殆未之見乎。其集流傳，蓋未廣耳。

養素堂文集一册 未刻稿本

右序二十六首，記十首，傳十三首，論贊一首，神道碑一首，墓表九首，行述二首，都六十二首。其中《福山縣學碑記》二首，詞異事同，殆初作未盡愜心，而後更爲之者。卷首無標題，亦不分卷，但於書衣題「養素堂文集」，幸《行述》中具有名氏，知爲大興黄崑圃先生叔琳所著。間有校簽曰「此首擬入正集」，《閑道録序》《莊子集解序》《重修福山縣學碑記》第一首並有此簽。曰某擬改某，是必出於當時同輩之所商訂，以此知爲稿本，而又爲正集以外之文，編次略如《漁洋文略》，以彼例此，或更有祭文、題跋等作，不可知矣。先生十歲通四書五經，康熙辛未年二十，以第三人及第，官至浙江巡撫，罷歸，復官詹事，加侍郎銜，乾隆辛未重赴鹿鳴宴，年八十五卒。文學政治，稱最一時。其成進士也，實出漁洋門下，論者謂「前有新城，後有北平」，爲當世推重如此。生平著述有《硯北易鈔》《詩經統説》《周禮節訓》《宋元春秋解提要》《夏小正傳注》《史通訓故補注》《文心雕龍輯注》《顔氏家訓節鈔》《硯北雜録》。至所爲詩古文辭，《國朝先正事略》缺而不載，《昭代名人尺牘小傳》云有《崑圃文集》，不言若干卷，蓋亦未之見也。余於戊午歲得此本湘中，累欲訪求正集，校其篇目，而南北藏書家胥無其書。近人唐元素於北方文獻收羅最勤，亦以未見崑圃文爲憾。見《天咫偶聞》。然則所謂正集者，殆始終未刊，今且不知存佚，則此集外之文，僅傳稿本，忍更使之湮没乎。爰寫定目次，以俟剞劂，與海内學者共之。戊辰春正月初三日甲子，江都秦更年識於海上寓居之石藥簃。

龍川詩鈔 鈔本

《龍川先生詩》，吾邑李晴峰先生作也。其門人王、黄二君刻之。光緒之季，吴人黄摩西人又以活字印行，後綴一跋，述先生學術源流，牽連及於黄崖教案，其言甚詳。今其本並不可得。吾友謝雁臣鴻賓游於黄君之門，得其集，手録之，以余爲先生鄉人，又寫一帙遺余，其誼可感也。黄君名葆年，字隰朋，吾郡泰州人，有論詩絶句百二十八首，足與此並傳，余亦藏有寫本。丁卯秋八月，江都秦更年記於海上僦舍之石藥簃。

紅薇翠竹詞一卷仲軒詞一卷紅薇翠竹詞箋注自記一卷 劉湝年手抄本

往讀里堂先生《雕菰樓集》載有《詞説》二則，其言簡要，知於詞蓋甚精。阮文達公所爲先生傳，謂有自訂詞三卷，顧世無傳本，詢之里中故老，多無知者，然余意中固時時懸想及之也。今年歸里省親，偶過書肆，獲見此本，詫爲奇遇，輒以善價收之。凡《紅薇翠竹詞》一卷，附自爲牋注一卷，又《仲軒詞》一卷，乃劉樹君從汪硯山所藏稿本手録者。硯山即世已廿餘年，其家蕭落，金石書畫，散失殆盡，原稿歸之何所及仍否存在不可知，設使湮没，則樹君有功於是集，洵非淺鮮。雖先生不必以詞增重，而後生小子固以得見爲幸也。若夫詞之品目，劉序言之已悉，而「學人之詞」一語尤爲定評，故不具論。樹君名溎年，大城人，咸豐庚申進士，官至肇慶府知府，善書，爲吾郡寓公。硯山名鋆，吾邑人，能詩畫，嗜金石，著有《揚州畫苑録》《十二硯齋金石過眼録》行於世。流傳所自，因並著之。

水雲樓詞二卷續一卷 刻本

譚復堂稱鹿潭爲詞家老杜，陳亦峰謂其學玉田得髓，鹿潭自詡則白石儔也。老杜言其所處境，玉田其所入，白石其所出也。夫言豈一端而已哉，言固各有當也。己卯重九前一夕，颶段樓書。

此本乃就杜小舫刻版修補印行，已多誤字，續集則丁氏所增刻，直一金。光緒戊申海上排字本有圈點，又有朱古微校語一條，疑圈點即出朱手，因過録之，異同亦校諸眉端。彊村所選《詞莂》亦間有異文，殆彊村所點竄耶。並記之，以備觀覽。颸段翁。

一漚吟館選集二卷

更年於戊申夏從王懷荃先生游嶺南，間嘗論及吾鄉詩人，先生輒稱述陳處士若木不置。更年雖爲鄉人，僅知其以畫名世，至是始知其能詩也。嗣讀孫師鄭所撰《眉韻樓詩話》，見其《游平山堂》律句及《西漢石刻殘字歌》，隻鱗片羽，已屬可珍，頗以未窺全豹爲憾。今年春歸里省親，懷荃先生語更年曰：「吾欲爲若木刻遺詩，汝歸爲吾訪其稿。」道出滬上，晤陳子維之，遂舉以相詢。維之曰：「余曩有臧雪谿先生手鈔本，已燬於火。其原稿見在臧先生許，向之傳鈔，必所願也。」抵里後即假歸趍録，乃知原稿曩藏寶晉齋，維之居與相近，被火之夕，寶晉齋亦付焚如，咸謂兩本俱失，從此天下後世恐不復知有若木詩者矣。幸而天相詩人，適於前一日爲人假去，因之未及劫灰。臧先生知之，亟取歸，將俟其子成立，而後以其先人手澤付之。嗟乎，此稿之得免於火，得臧先生爲之保存，又得懷荃先生爲之付梓，其傳也，豈非天歟。宣統二年五月，江都秦更年鈔校既畢，謹識於後。

養拙山房詩集序

近三四十年來，吾揚詩人，余皆嘗奉手受教，獨不識王君樨禪。其友程勉齋數以相語，心識之不能忘，顧終未一相值也。前數年，其門人輩謀醵貲爲刻詩集，勉齋任校讐，時時就余商訂，因得盡讀其所爲詩，且知其行誼甚悉。君吾邑老明經也，性狷介，泊然無所營，潛修力學，不騖交游聲氣，閒與一二素心人飲酒談諧，偶及當世之務，輒感慨奮發，意氣偉然，徒以不諧於俗，無所藉手以遂其施，於是其所蓄所感，與夫逸情異趣，一皆於詩焉發之，第不輕示人耳。同里單味仁知其賢，延課其諸子，嘗相從於皖於燕晉，所至山川阸塞，往往憑弔賦詩，以抒其志。意既倦游，門人尹生迎館於其家。時君之丈夫子已取婦，能致潔白之養，君行且敕斷家事，託詩酒以遣餘年，而其子忽夭殁，衰暮遘此，生意頓盡，天之報施善人固如是耶。抑如孫樵所言，物之精華，天地所祕惜，文章亦然，所取者深，其身必窮，孔、孟、馬、班、揚雄、杜甫、李白，皆相望於窮者。然則君之致窮於天，豈亦有其必然者耶。君晚精白業，了然於修短死生之故，未至過情。丁丑秋東禍起，揚城繼陷，君居圍城中，日夕祈死，明年七月遂卒，蓋不知有生之樂也久矣。嗚呼，其可哀也夫。勉齋既妥其家事，亟傳其詩，是能不負死友者，惜君之不及見也。君又有所注《金剛經》若干卷，某寺僧將刻之，並可慰君於地下矣。己卯九月展重陽，嬰闇居士秦更年序於上海寓居之颸段樓。

嬰闇題跋卷三

金石録 雅雨堂刊本

右題字爲永明周鑾詒手筆，即《藝風藏書志》序所稱薔生編修者是也，號季譻，亦自署曰譻齋。遺書既精且富，於金石類搜羅尤多，年來時有散出，余收得十數種，此其一也。聞書友云有元槧明印《分類補注李太白集》、明趙氏小宛堂刊《玉臺新詠》二書，爲葉郎園家購去，昨詣觀於拾經樓下，精美絶倫，殊費人夢想耳。己未三月十日，記於長沙洪家井。更年。

金石目録八卷

右《金石目録》八卷，百六十七頁。無撰人姓名，予考爲仁和趙魏晉齋所著也。案晉齋

《竹崦庵金石目録》東武劉氏有鈔本一册，百五頁。不分卷，今藏友人鄧秋枚風雨樓。予借歸，與此對勘。此本夏商至五代各碑彼皆有之，而彼增多之碑幾於過半。案李斯「壽」字入之秦代，僅見趙目，爲他家所未有，此亦兩本同出一源之證。此本每種皆有辨證，彼則僅存數條，其中「尹公之闕」一條與此悉同，餘則彼所後增，故此無之。至彝器款識及五代以後碑，則彼本所無也。兩本之異同蹤跡，可以尋索者如此。近年吴士鑑所刻五卷本予未之見，據吴序似亦僅有目録，大約與劉鈔爲近。又考《竹崦庵傳抄書目》金石類載有《竹崦庵金石目録》十卷，三百卌五頁，卷頁皆增，必每種皆有辨證，體例當與此同，特不知人間猶有傳本否耳。綜合觀之，此本蓋其初稿，十卷者乃晚定足本，劉鈔、吴刻皆僅就十卷本節抄目録而已，然則此本雖非完書，而辨證爲他本所不具，在十卷本未出以前，要推此爲甲觀。書中有改訂數處，當係晉齋家藏底本，又經徐紫珊藏過，彌足寶也。丁卯四月十二日雨中燈下記，嬰闇居士。

卷一所載天監八年甎云：「乾隆己卯六月，杭州萬氏營葬西溪安樂山掘得者。」吴子苾《攈古録》著之，注云仁和趙氏藏，則此書爲晉齋所著，又得一佳證矣。四月廿九日晨起撿書，閲及此條，走筆記之。嬰闇居士。

金石經眼録

《金石經眼録》一卷，凡鼎碣石刻四十七種，拓片都六十有六，蓋有碑陰及兩側字也。每碑後記碑之尺寸及所在地，並如《隸釋》例，釋碑字之媘或變者，體例至爲精當。迨後得《裴岑紀功碑》，易名《金石圖》，增碑六種，益以論贊，遂失初本面目。張文襄《書目答問》謂即《金石圖》上卷，劉世珩覆刻《金石圖》踵其説，蓋皆未見此本，則其難得可知矣。《四庫》著録以此本，李遇孫以贊爲蛇足，初本是尚，在昔已然，而是册用舊棉紙精拓，色香俱古，尤可愛玩。己未中秋，客窗展觀，因記。嬰闇居士。

始予購得《金石圖》四册，即聞有《經眼録》一書爲一業骨董者持去，因屬友人從之購取，累議不諧，逾年始歸余篋，值廿金，亦可謂善價矣。此書暨《金石圖》均爲楊幼雲舊藏，後歸湘人周罍齋。幼雲收藏甚富，葉鞠裳《藏書紀事詩》記之特詳，光緒初元其人尚在。罍齋少年科第，博雅好古，所藏金石書畫，類多佳品，年廿八而卒，是爲光緒丙戌，予時墮地始逾歲，距今三十有四年矣，遥望舊藏諸家，曷勝聚散離合、歲月星霜之感。己未九月又記。

寶刻類編十卷盧抱經手校舊鈔本

《寶刻類編》十卷，缺第四卷，江東羅氏、唐棲朱氏結一廬遞藏舊抄本。道光戊戌劉燕庭依《四庫》本所刻凡八卷，分卷與此迥異，所缺名臣十三之三，即此本第四卷。但於《提要》中言之，而卷次則順序銜接，無復缺卷，是《四庫》本已經館臣重編，此猶原書舊第，洵可寶也。舊有標簽題云「盧抱經手校檢」，《結一廬書目》亦云然。予諦審朱書校語，信爲抱經手筆，惜無題記印章，久之將無知者，因並記之，俾後之人識所寶貴云。丁卯四月，嬰闇記。

金薤琳琅二十卷

《金薤琳琅》二十卷，明都穆撰，題「海虞何允澄平仲父校」，無序及刊刻歲月。審其字體，當出明嘉靖間，蓋即都氏原刻，惟總目與全書不類，疑何氏購得是板補目印行者。汪荻洲刊宋葯川校本，跋言所據之本無總目，則總目之爲後補可徵也。其中《禮器碑》碑衾「河南匽師」誤作「河浦退師」，「任城亢父」誤作「俟我交父」，與竹汀錢氏所譏評者正合。又汪刊宋校本所舉諸失亦皆相同，審釋多誤，不無微玷，然自來著録家皆所不免，不獨都氏爲然。要之，是書真面，必得原刻乃可見耳。昔漁洋老人求此書三十年始得之，自以爲十五連城不易，近時藏家唯仁和魏稼孫有此本，載在《非見齋藏金石書目》，此外絶無舊槧。予乃無意獲之，書福爲不淺矣。每册有徐紫珊收藏印記。丁卯三月，上海寓齋記。

兩漢金石記

覃溪此書，近世坊肆習見本多係翻刻，余舊有一原刊本，而中多爛板，覽之往往意沮。一昨偶過來青閣書肆，獲見此本，板刻完好，略無曼患，攜歸以舊藏本校之，其中卷六「禮器碑碑左右兩側」條，卷十二「衡方碑額下有穿」條，舊藏本已經點竄，各剜改四行，雖文字當從改本，然可證此本碻爲初印。更取翻刻閲之，亦依改本重彫，則初印之稀見，在昔已然。余蓄書廿餘年，於金石著録，搜求尤不遺餘力，獨於此書久而始獲，其難如此，其喜可知矣，輒捉筆識諸副頁。庚午臘八雪中燈下，嬰闇學人書于海上寓居之石藥簃。

既爲跋之，明日命書工易書衣重裝，又記。

鳴野山房彙刻帖目四卷鈔本

吾友愚公宣君往官京師，從廠肆購得《鳴野山房彙刻帖目》四卷，山陰沈霞西復粲未刻稿也。愚公使僕輩迻寫一本遺余，忽忽將十年矣。邇者吴君眉孫覓得霞西族孫錫卿鈔帙，視此較爲完善，愚公復手爲讎校，正譌補脱，多至千數百字，頓還舊觀，於以見坊肆鈔本之不足信，而藏書尤貴有同好也。今者吾輩數人各出所藏，互相訂正，俾成善本，不以秘笈自矜，樂與友朋相共傳之，異世不將服其通懷，侈爲嘉話乎。惜余篋笥儉陋，無以裨益兩君，爲愧恧耳。異日倘謀刊布，則須求帖本覆審，庶無遺憾。庚午日長至，更年記。

石墨鎸華

錢牧齋詩云：「關中汲古有二士，郭髯趙崡俱嵯峨。」蓋胤伯、子函時地相接，既同有金石之好，而又相與甚深，故齊名焉。胤伯著有《金石史》，盧抱經極詆之，謂其動出惡聲，又雜以嘲笑，未可與《石墨鎸華》方駕，所論未爲過當。特胤伯博疋好古，聲名洋溢寓内，固未可易視之也。此册爲趙氏初印本，而爲胤伯所藏，卷中晉《周孝侯碑》、隋《皇甫君碑》有校語兩則，序後有手跋十一行，書作章草，饒有逸致。昔胤伯藏《華山碑》，世所稱華陰本者，煊赫一世，故胤伯之名特顯。世之賞鑒家遇松談閣舊物，咸艷稱之，觀黄左田詩述其所藏《聖教序》《九歌圖》，可以概見，然則此本固當争長於法書名畫間也。猶憶數年前，松江韓氏散出一本，曾經毛子晉藏過，眉端有子晉手識數字，索直二百金，詎足與此相較，則此本之可貴爲何如耶。友三仁兄其善寶之。戊寅冬十一月，嬰闇居士秦曼卿跋於颸段樓。

近頃翁君友三購得一本，爲郭胤伯松談閣舊物。胤伯跋云：「讀子函《石墨鎸華》第八卷，覺十萬鐵騎錚錚，與談鋒角勝。」精騎三千，真足敵羸卒數萬，非虚語也。又云舊有讀子函集詩云：「斯人不可作，感慨檢遺編。薄俗誰堪語，高山思斷絃。勁飛歸冥漠，精爽颯當前。若論琴尊客，何時尚可憐。」其傾倒亦至矣。兩君時地相接，又以同好而友善，齊名一時。

秦漢印統八卷明刻本

是書與顧氏芸閣《集古印譜》同出一手所編。顧刻凡六卷，此則就其所有增益十之三四，廣爲八卷，名曰《秦漢印統》。搜羅宏富，彫鏤極精，《天禄琳琅書目》稱其獨臻妙品，信非虚譽。惟卷首結銜，顧曰「太原王常延年編」，此曰「鄣郡羅王常延年編」，名字無異，而籍貫姓氏迥然不同。初頗惑之，及閲李大泌序，謂羅氏曾坐法見籍，是必顧氏刻時羅獄未解，故隱其姓，太原爲王氏郡望，遂亦從而易之，意蓋恐被株累。覩于顧序，於編者不著一字，其故概可知矣。此刻後於彼三十一年，閲時既久，人已云亡，故復其姓、存其人焉。羅氏事跡，别無可考，設非李序，殆無從測度。《天禄琳琅》所收之本，李序闕如，則此本之可貴，又不僅紙質瑩潔、橅印湛美已耳。屠維協洽壯月，江都秦更年記於長沙客次。

往余跋此書，以《集古印譜》與此本署名歧異爲疑，今閲《野獲編》八「嚴東樓」條云：「羅小華，故徽州人，有才慧，因爲世蕃入幕客，入制敕房爲中書，凡通賄皆屬其道地，因致巨富，後亦同嚴籍没。其子名六一者，林潤劾其通倭，詔下捕之，因逃去，後赦還，尚不敢名龍文子，改姓名爲王延年，從楚中吴明卿先生學詩，侍游吴越間，以鬻骨董自給，有父風。」得此一條，前後署名之異，因明白矣，而其人之生平，亦可得其大略。鄣郡爲新安古稱，蓋以三天子障得名云。庚午端午記。

秦漢印章拾遺

《秦漢印章拾遺》四册，濰高慶齡南鄭集印，首古鉩，次官印，次私印，私印中各以字體或兩面或姓爲類從，而以吉語、象形諸印殿焉。其質之爲銅爲泥，鈕之爲龜爲瓦，皆一一注明，誠印譜中例之至善者也。高氏藏印不甚多，而選擇至精，今傳世之《齊魯古印攈》極爲人所稱許，乃其子翰生於南鄭身後爲之印行，前有王文敏、潘文勤諸序，顧皆不言南鄭有《拾遺》之作，是其所拓蓋甚寡也。其升古鉥於漢印之前，人皆歸美南鄭，吾見陳壽卿簠齋印集《十鍾山房印舉》鉥皆居首，其書成于咸同間，視此譜之成於光緒庚辰者，且先數十載，是則不獨南鄭之譜爲然。意兩君生同里閈，又同此癖好，平居蒐討摩挲，必嘗有所論議，特孰爲之先，今不可知，與其專屬之高，不若以高陳並稱之，較得其實。附識于此，以俟知者詳焉。嬰闇居士。

高氏《印攟》前有《拾遺》，猶陳氏《印舉》前有《印集》。《印集》僅成十部，《拾遺》似亦無多，故知者甚鮮。余曩客湘中，得簠齋《印集》於周季譻家，今又於滬上獲此，信古緣耶。丁卯歲正月初六壬申，晴窗又記。

西京職官印録

徐友竹《西京職官印録》二卷，壬癸間見於長沙玉泉街書肆，爲葉郋園猶子嶠甫購去，時往來胸肊間，汔今蓋十五六年矣。今歲三月，郋園棄世，嶠甫兄弟相率來申，此本攜在行篋，余以三十金從之易歸，猶之千里外故人久別重逢，其喜可知。此書於譜録中爲妙品，即論鎸刻紙墨，亦妙品也。寶之寶之。丁卯七月，嬰闇。

集古官印考證目録一册 鈔本

瞿木夫古泉山館《集古官印考證》，蒐羅宏富，考訂精審，有裨於史學良多。昔錢竹汀先生於乙部書用力最勤，名翁之壻，學有本源，固非率爾操觚者可比。惟其書流傳不多，余僅見首二册於長沙書肆，蓋其子經孳初刻成二卷時以寄鮑子年者，書估索直昂，未果購，因鈔其目録，置之篋衍，以備參稽，俟更訪求全書，資我快讀。余留心舊籍，安知不旦暮遇之，識此爲券。己未九月二十七日，嬰闇。

濟寧印譜四册 鈐拓本

予既購獲此譜，循覽其中印蹟，似多載在阮文達《山左金石志》，因取阮《志》勘之，凡所稱《濟寧印譜》者，此皆有焉。官印如「軍司馬印」見《濟寧》十方，「別部司馬」《濟寧》

見五方，覈之此譜，「軍司馬印」十鈕，「别部司馬」五鈕，正與之合。私印如「輕車良」「并官武」等印，皆他譜所不經見。阮《志》皆云見《濟寧》，則此爲《濟寧印譜》，殆無疑義。此本無標題序跋，文達謂「濟寧人有印五百方質於解庫，原任濟寧知州王轂贖之，作《蓮湖集古印譜》」云云，是此譜本無書題，以印在濟寧，故從而稱之耳。既非有意爲譜，所拓必不多，此或即文達當時所據之底本，亦未可知。余生平喜蓄印譜，每多創獲，其無主名者，久之皆能知其所出，此亦其一也。《蓮湖集古印譜》余未之見，不識視此有增省否。異時或幸遇之，並識以俟。丙寅十五年十一月廿三日庚寅，江都秦更年審定題記。

顧氏集古印譜跋

《顧氏集古印譜》，近時藏家所有皆棗木刻本，惟翟木夫《集古官印考證》謂所見顧譜有原印集印者，顧氏自言僅有廿部，故今傳世頗少，且或不全殘帙耳。又蔣春雨《論印絶句》注云丁龍泓徵君藏《顧氏印藪》竹紙手印真譜，此外名家藏目均無著録。此本存卷一官印，卷三私印下平聲，卷四上聲，卷五去聲，凡四册。缺卷二私印上平聲、卷六入聲二册。又卷三、四、五各缺首頁一紙，蓋以每卷有「集古印譜卷△」字，故撤去以充全帙，此估人之愚也。是譜在今日傳世各譜中爲最古，印亦較多，閲世三百五十餘年，而當時僅成廿部，木夫所見，龍泓所藏，今亦不知存佚，則人間所有，固已稀如星鳳，即此不完之本，亦當圭璧視之。宣德鼎鑪，成化鷄缸，世猶珍秘，況此譜耶，敢不寶諸。丁卯七月初六日，驟雨生涼，几硯回潤，展閲一過，摇筆書此，既購得之後一年也。嬰闇。

陳蛊齋印集

曩予客長沙，值永明周季譻家藏書散出，予時書興方濃，竭力搜索，所得不少。中有印譜五六十册，予尤喜之，惟自季譻没後卅餘年，無人檢視，長沙卑濕，遂多潮黴蠹損，尤以《蛊齋印集》爲甚。因命良工，督之修整，中縫缺字，手自補之，歷時半載，頓還舊觀，所費已不資矣。自辛酉來滬，老友張丹甫不時過談，見而好之，屢相乞讓，久之遂爲博易以去。越今將十載，丹甫且作古人，乃忽見於魯盦張君許，因復從之借觀。天外故人，久别重逢，執手驚嘆，其情景正復相似。魯盦博雅好古，所藏印譜至富，物得其所，又可喜也。

此書先爲胡石查物，鮑子年嘗爲題識，書在别紙，爲人取去，因爲補録之，並題其後，以見藏弆之源流。乙卯十月，更年書於海上。

福山王氏海上精舍藏印記

道咸以來藏印之富，首推濰陳簠齋介祺，同時其邑人高南鄭慶齡、福山王文敏懿榮亦頗事蒐集，鼎足於齊魯之郊。南中則歸安吴平齋雲、吴吴窓齋大澂，望衡并峙。餘風所被，永明周季譼鑾詒以少年後進，起而承之。陳、王、二吴並相友善，高與王爲通家，周之好金石，自交王氏始，嘗稱爲第一導師。諸家多有譜録，《簠齋印集》最早出，凡鉩印二千餘鈕，益以泉印、鉤印、斗檢封、封泥爲十二册，日照許印林瀚、海豐吴子苾式芬、道州何子貞紹基同審定，分類極精，時在咸豐初元。迨及癸酉，增至四千餘鈕，重編《十鐘山房印舉》八十卷，爲自有譜録以來未有之巨製。高氏所藏，大半出於鄉里，故名其譜曰《齊魯古印攈》，凡四卷，至其子翰生鴻裁始爲印行。翰生克紹家學，又賡爲續集，其升古鉩于秦漢印之前，實創自南鄭，非有特識，能如是乎，故談藝家稱焉。歸安之吴，每得一印，必博徵故書雅記，爲之考證，有《兩罍軒印考》九卷，印僅二百有奇，據序蓋未成之書也。吴吴於甲午歲輯《十六金符齋印存》五册，《秦漢名人印譜》一卷，《續百家姓印譜》一卷，寓著述於譜録，具有别裁。周氏好印甚專，留京不十年，積至數百，乙酉典試廣東，從高要人何昆玉購得五百事，中多葉氏平安館物，先拓爲《浄硯齋艎印録》，旋都後合之舊藏，成《共墨齋古鉨印譜》八册，相與鑒定者，則文敏與宗室盛伯熙昱、漢軍延煦堂暄、銅梁王孝禹瓘，並一時精鑒之士。王氏藏印獨未編拓，文敏庚子殉國，藏弆俄空，賴季罍拓存此本，孤傳人世，雖文敏不必以此增重，而後之人固以得見爲幸，蓋忠義之氣，焕乎與手澤長存，使觀者肅然起敬，以視陳、高、二吴之僅以金石傳者，不可同日語矣。惟季罍年不永，未能蔚爲大家，海内知者蓋鮮。曩寧鄉錢潛山次郇語余云，季罍早慧，年十五貢入京師，時有伶官十三旦者名噪中外，一時以十五貢、十三旦並稱，傳爲佳話。越四年丁丑成進士，官編修，至典粤試之明年，一病遂不起，年才二十有七。近數年來，藏印悉歸他姓，金石書籍，亦時流轉於廟集冷攤，余收得十數種，此其一也。歲莫祭書，檢閲及此，因錯綜而爲之記，覺勝朝士大夫流風餘韻，去人猶未遠耳。庚申歲不盡五日，江都秦更年。

吴子苾《雙虞壺齋印譜》余時未見，故未之及，補書於此，以志余失。

吴梓林先生印譜

漢印爲篆刻不祧之祖，元人以小篆作朱文，亦蔚爲大宗。近代印人，皆不外是。道咸以降，三代嬴秦之鉩既有定論，白文鉩亦斯時所出爲多，又有封泥古匋出於巴蜀齊魯，於是途徑益廣，作者亦面目日新。丹徒吴梓林先生精篆籀之學，餘事作印，迥異恒流，蓋先生之世，適當古物大出，天機清妙，遂具衆長。余曩讀《趙撝叔印存》，歎其天人俱至，取精用閎，鉩印而外，自彝器泉鏡，以及秦漢石刻，莫不采擷鎔鑄，供其驅使。同時惟吾鄉吴攘翁足與抗行，今得先生此譜，庶可鼎足而三矣。先生所治印，流傳不乏，顧無款識，久之將無知者，文孫庚士舉家藏原稿影印行世，表彰先德，彌見孝思。先生猶子仲君夙與予契，出以索題，輒書鄙見相質，並以諗世之讀斯譜者。

吴仲坰印稿序

仲坰吴子工治印，方其髫齔，已肆爲之。憶辛亥之冬，余自粤歸揚州，君亦隨其尊人巽沂先生歸自粤，卜居於揚州，距余家不數武。時謁先生，抵掌論畫，即見君所刻石印，胎息西泠諸家，間亦闌入鄧、吴，秀雅獨絶。顧君深自祕惜，不輕示人，亦不恒爲人作也。旋余作客湖湘，不相見者數年。逦歲同客滬上，踪跡日密。君於印亦婁進愈上，自浙皖兩派以上窺嬴劉。余數以乳石索篆，有索輒應，且極工，而爲他人作者或不逮，余竊引以自憙。君曰：「吾非獨厚於子而薄於他人也，吾喜刻石，而世尚象齒印，遇有索者，但自篆之，付工雕鎸，然後稍加潤色以報，甚以爲苦。惟子所蓄多佳石，故樂爲奏刀也。」一日又語余曰：「昔陽湖趙蓉湖學轍幼精篆刻，三十後即棄去。吾年行且三十，將踵其轍，戒不復爲。」余曰：「君之篆刻，方與年俱進，奈何以年自畫哉。余意人苟不以象齒印相苦，雖至老勿衰可也。」君聞之，咲而不答。時方有印稿之輯，遂書以弁諸耑。丁卯五月，江都秦更年。

郭齋宋元押印存

宋元押印，收不勝收，聚而觀之，亦殊可喜。郭齋爲羅雪堂别字，其收藏之富，一時罕有其比。仲坰喜蓄印譜，此亦足以備一格，惟惜所收未廣耳。嬰闇居士。

攀古慶藏器目一卷 吴清卿手寫本

右潘文勤《𠭯古樓藏器目》底本一册，中間隸楷爲吴愙齋手筆，行書則周罍齋所補也。往歲江建霞刻《靈鶼閣叢書》，收集藏器目録，自阮氏《積古齋》目下，至王氏《選青閣》，凡十五家，都十六卷，而潘氏一家獨付闕如。余於己未冬間獲此於長沙市上，乃周罍齋家散出者，俟有暇日，當爲刊印行世，與海内好古者共之也。壬戌花朝，更年題記。

石刻便覽摘鈔

右《石刻便覽》四卷、《拾遺》一卷，吴興施文藻撰，鈔本，長沙葉郎園吏部德輝所藏。按郎園所編《觀古堂書目》注云：「此書於碑下略有考證，於金石之學殊有心得，賞鑒亦頗精，惜當時未付刻。」余比思博考兩京石刻，因倩其摘録漢碑一類，郎園猶子巘甫啓崟乃手寫此册寄余，惟斷自何代未注明，異日當函詢之也。癸亥二月下旬，嬰闇記于上海睡足行軒。

沈漪莊手寫石門碑醳

此書道光末年海昌蔣氏刻入《别下齋叢書》，後有許羮梅光治跋，言蔣君生沐於張叔未先生處假得《石門碑醳》一册，屬爲縮摹，因校閱一過，其中傳訛頗復不少，如「鄐閣銘」一條以下《附考》考之「聖」作「聖」，而隸文均作「聖」。「陽」作「陽」，而隸文均作「陽」。

「激揚絶道」「揚」字云蔡作「揚」，申刻作「揚」，而隸文均作「揚」，惟一作「揚」亦係蔡隸，非申刻。「渂崖鑿石」「鑿」字之「金」字云蔡隸作「金」，申刻作「金」，則隸書均作「金」。「香風有鄰」「鄰」字偏旁云蔡作「粦」，申刻作「粦」，則隸書均作「粦」，訛可知矣。且《附考》云，蔡作「金」，申刻作「金」，蔡作「罒」，申刻「罒」，蔡作「粦」，申刻作「粦」，皆無點畫毫釐之別，惟「四」字在申刻中未經傳訛，知爲「囚」字，餘則不可考矣，夫安得王氏原本一校之也云云。案之此本，惟「聖」「揚」兩字隸文並同，與《附考》不相應，其他偏旁悉有區別，不似張叔未抄本之誤，則此本殆從王氏原本所傳録歟。卷中補正數處，不知出自誰手，然亦未校徧。予觀所載漢刻，與他家著録頗多異同，暇日當取石刻拓本爲之是正也。

癸亥十月，江都秦更年記于海上寓舍。

癸亥孟冬，購得沈澫莊手寫王春林《石門碑醳》，因取別下齋刊蔣生沐《石門碑醳補》對臨一過，裝入舊鈔本後，其李一鰲題句原係雙鈎，今以朱書易之，三夕而畢。是月十九日，嬰闇記。

癖好堂金石書目鈔本

子與爲吾揚寓公，嗜古成癖，雅好收藏，金石書其最著也。癸甲以還，其後人貧不能守，陸續散之坊肆，里人無收拾之者，書賈遂挾而之滬，大半歸之龐芝閣，同時王子展、劉漢怡諸家亦得其一二。未幾芝閣死，帖估鄒雲峰以賤值購之，分售南北估客，至是遂流轉四方矣。予於揚於滬，各得數種，又得子與手寫魏稼孫《非見齋藏金石書目》一册，間有識語，謂嘗從稼孫借鈔，即此目自序所稱「不遠千里假鈔於同好者」是也。此目著録之書凡四百四十五種，去其重本，尚四百種。蓋合兩家所有始獲，蔚爲巨觀，然非好之篤、求之慱，烏克臻此，殆亦畢生精力之所聚與。嗟乎，自予有生時，子與尚在，今才四十年，而篇簡俄空，披覽一過，蓋不勝煙雲聚散、歲月星霜之感也。子與手寫原本，今在吴孝萱處，包夢花録以遺余者。甲子歲十一月五日甲寅，江都秦更年記於滬上寓居之讀漢碑樓。

子與頗好事，而藏書獨無印記，予所得所見者皆然。同日又記。

古金録影寫本

《古金録》四卷，無錫萬光煒子昭撰，凡著録三代汔秦漢貨幣百七十四品，其説不外羅泌《路史》、洪遵《泉志》，蓋猶囿於舊聞也。書刊於乾隆甲辰，傳本至罕，凌子與霞舊藏一本，今在某氏，去秋歸里，屬王友荔孫借取影寫，歲暮郵至，紙墨精好，泉圖皆出荔孫手摹，彌可愛玩。荔孫名漳，粥碑帖於市，治印頗得漢人遺意，並志之以不没吾友之惠云。丙寅正月初八日庚辰，記于睡足行軒。

古韻閣寶刻録一册摘鈔本

此碑舊有翁覃溪及江陰夏氏摹刻横石本、梁階平雙鈎木刻本，後巴氏俊堂、高氏陵苕館、楊氏望堂諸刻，則由翁、梁本翻彫，愈刻愈失其真，而其源皆出於華氏真賞齋缺三十字本也。珊林此刻獨祖孫仲墻本，且謂生平所見舊拓，華、孫兩本外，尚有伊墨卿所藏一本，華、伊皆係摹刻，惟孫本爲建寧原石。又摘華本乖違之字，證以《隸韻》，以實其說。珊林精賞鑒，工考訂，其言宜若可信。及取華氏原本勘之，皆不相應，是珊林在竹崦庵中所見者非原本，蓋雙鈎本也。華本今在臨川李氏，近以珂羅版印行，取校此本，無一不合，惟筆畫略瘦耳。案何義門《婁壽碑》第二跋涉及此本，謂「紙薄墨濕，不如余所藏之本」，則兩本肥瘦之異，蓋由墨之燥濕使然，非有他也。況華、孫兩本均爲義門所有，果非原刻，義門不容不知，尤足證其同出一石，珊林之惑，可以祛矣。所摘各字，如「爲」之上半華本正作一撇三點，但長撇之尾不若孫本之粗大露鋒，余以全碑長撇證之，無一如是者，則孫本此處或是紙壞，珊林謂其整本未褾時爲物蝕損，紙壞之説，或不甚誣，否則即華本爲墨所掩，不可知矣。又「除」字左下一點，華本明明有之，覃溪鈎時竟不之見，此最可怪。若「傷」字、「矣」字，華本皆與孫合，其誤由於鈎本之不審，殆無疑義。惟華本所缺三十字，覃溪所補與孫本頗相逕庭，此則爲功甚鉅，不可没也。珊林此本鈎勒甚精，而亦不能無誤，如「若喪考妣」「妣」字，華本右半作「𠤎」有波，孫本作「匕」。又「紹縱先軌」「軌」字，華本右半作「九」，直筆下垂，孫本作「九」。按之此碑結體用筆，皆華本是而此本非，以珊林之矜慎，猶不免百密一疏，與覃溪之不見「除」字左下一點，同一失之眉睫，鈎本可盡信耶。余既鈎存華本所缺之字，録其考釋，輒爲辨正如此。丙寅五月晦日，更年。

許氏原刻傳本甚稀，光緒二十年秀水王氏覆刻本今亦不數覯。此本從宣愚公藏本迻寫，碑字僅就華本所缺者摘摹之，應與影印華藏《夏承碑》同置一帙。丙寅六月二日壬子，嬰闇鐙下書。

國山碑考羅以智校魏稼孫手寫本

凌子與《癖好堂藏金石書目》載《國山碑考》一卷，拜經樓刊本，羅以智加考證於書眉，並補録《兩漢金石志》《金石萃編》跋語，復加按語，魏錫曾題記云云。此册似即從羅本傳録，碑圖頗多校正，惟釋文二十三行以下闕焉不載，豈無所考正耶，抑因汙損爲後人撤去耶，不得羅氏原本，終不能明。子與藏書散失未久，疑仍流轉江浙間，他日或幸遇之，識此爲券。丙寅六月，嬰闇記。

余藏書中有魏稼孫錫曾爲凌子與過録劉燕庭校《寰宇訪碑録》，又子與藏《昭陵墨蹟考》有稼孫跋尾，又《唐賜鐵券考》寫本中券文及謝表稿亦稼孫手録。秋來整理書櫝，簡閲及之，憶及此本，復加諦視，始知此本碑圖及釋文皆稼孫手書，殆即從子與藏本所傳鈔也。後録覃溪、蘭泉兩跋，則出之别一人之手，眉端考證則又一手也。丁卯八月，審定再記。

匋齋藏瓦記五卷抄本

端忠愍方收藏金石之富，盡齋陳氏後一大家也。其《吉金》《藏石》二記，久行於世，聞其藏瓦至夥，顧無著録流傳。曩客湘中，識長沙王翊鈞運長，偶與話及，翊鈞曰：「忠愍撰有《藏瓦記》五卷，往在江寧節署，偕劉申叔諸人爲之編集，已脱稿，會忠愍移節畿輔，未及殺青，稿遂留余處。惜拓本散亡，元稿又爲里人易寅村取去，别寫一本歸余，卷次淆亂，恐更有脱佚錯誤，余亦未遑校也。」時翊鈞窮居鄉里，意氣頽落，凡此之爲，非所措意，後數日遂以易寫本見贈。余覽卷中所著秦漢各瓦凡一百三十二，重文者一百五十五，所爲考釋，甄録翁方綱、程敦、二王昶、福田諸説，取長舍短，復爲援引羣籍，疏通證明，雖不免間有附會，然視舊説爲加詳矣。卷數不能明析，就凡例所稱，首秦瓦，次代名地名以及吉語圖繪者，尚可得其次第，即有缺失，蓋亦無幾。藏之篋衍將十年矣，邇來旅居滬上，屢欲訪求忠愍藏瓦拓本，合爲完書，久而不獲。吾友宣愚公從余録副，則謂但存其説，無圖亦佳，余韙其言，爰稍事排比，識其崖略，倘有好事者樂爲刊布，當以付之。翊鈞號奇觚，以知縣需次吾蘇，工書法，間爲忠愍捉刀，人莫能辨。辛亥後鬻書自給，日惟縱酒，聞昨年貧病死矣。追念昔遊，輒爲腹痛，附記於此，異日或因以傳也。丙寅十五年十一月廿五日壬辰，江都秦更年曼青父書於海上寓齋。

求古精舍金石圖二册 刻本

此書刻成於嘉慶丙子廿一年，後二年戊寅增入潘芝軒世恩、吴潤之雲、黄蕘圃丕烈、倪雲裝倬、施北硯國祁序各一首，吴枚庵翌鳳題辭一首。此初印本，故無後增各頁。近日坊肆所見，大都皆寧波覆刻本，其二卣主人小像後有「四明三益齋王槐照樵刻」一行，又以「求」「古」「精」「舍」四字分卷，又增刻小號於中縫下端陰面，此覆本與元刻之異也。丁卯歲元旦丁卯，嬰闇居士展觀因記。

西嶽華山廟碑續考序

余性嗜書，始光緒壬寅，年十八，傭值吴門，即事收集。稍長，游燕游粤，南北逾萬里，恒載書自隨。壬子入湘，留滯差久，中間購得永明周季貺鑾詒家藏書及其金石墨本，自是遂研求金石之學。近六七年，旅居滬上，先後見劉氏嘉蔭簃、顧氏藝海樓殘餘石墨，皆傾囊易之，所好彌篤，而於兩京文字尤加意焉。間觀昔賢著録考釋，或有未詳，而乾嘉以來諸儒所説散在各書者，至多闡發，頗思斷以漢刻，會粹衆説爲一書，略仿六朝唐人義疏之例，言詮句詁，鱗次櫛比，其有枝贅則芟薙之，長編已盈尺許矣，顧以人事陸陸，又羸弱善病，作輟不常，殺青無日，然私心自計，終當卒此業也。今年春，卧病寓樓，偶簡積稿，其中《華山碑》一種竟得百紙，取阮文達公所爲《考》核之，前於文達爲所漏略及後所增益者，已與原書相埒，輒力疾加以排比，以爲之續。客或謂余，昔文達之爲書，以世不得見原本而貴，今則景印流傳，家有一帙，焉用是爲哉。余曰：如子言，人人皆薄之而不爲，則反以易見而失之矣。況三本以外之題記，猶有待於掇拾乎。遂不辭鈔胥之誚，付之剞劂，與海内同好共之。丁卯四月，江都秦更年曼青父書於海上寓居之石藥簃。

焦山鼎銘考一卷 覃溪手寫刻本

名人手寫刊本，最爲收藏家所貴，若覃溪先生以書名一代，則更貴之貴者，豈曰書籍，直當於法帖中求也。己未季冬，以二金購於長沙郭氏，間有蠹損，手自補之。明年正月裝成，漫記數語於此。嬰弁。

唐賜鐵券考 舊寫本

《唐賜鐵券考》一卷，錢泳梅溪著。乾隆末年，梅溪曾合《金塗塔考》刊行於世，而傳本極稀，近時藏家所有，大都皆寫本也。張芑堂燕昌《金石契》載此券，記録題詠與此互有詳略，惟此本券文末有「中使臣焦楚鍠傳宣」一行，則爲《金石契》所闕，合而觀之，庶得其全。册中券文、謝表稿審係仁和魏稼孫錫曾手寫，蓋績語堂中插架物也。丁卯秋八月，審定記。

去歲夏間，愚公借得足本，爲余手寫補完。庚午九月廿六日，付工裝成，又記。嬰闇居士。

天發神讖碑考

丁卯六月，據歸安淩子與霞寫本校一過。淩本序後題識云：「吴槎客先生藏本，年家子張廷濟借録一過，因記」云云，蓋源出拜經樓藏鈔本也。淩本王宓草考後有李鑑跋一則，爲此本所無，此本汪氏炤《續考》亦彼本所不載，屬友人宣愚公爲手録李跋於王考後。又淩本末附《校官碑考》一篇，不知誰氏作，别録於鈔本卷尾，亦愚公手筆也。廿七日燈下校畢記，嬰闇居士。

續語堂雜鈔一卷 魏氏寫本

此册凡碑帖題識十三種，仁和魏稼孫錫曾從張叔未藏本所迻寫者也。稼孫曾輯《清儀閣題跋》一卷刊行於世，此則兼及他家題詠，雖篇帙寥寥，多未見於記載，可尚也。舊無書題，命之曰《續語堂雜鈔》云。丙寅六月廿一日辛未燈下書。是日酷熱，小齋如炙，余有生來所僅見也。

商周文拾遺三卷鈔本

《商周文拾遺》三卷，吴東發撰。上卷商器七，中卷周器八，下卷周器六，蓋取《博古圖》、薛尚功等書，其中釋有未安、説有未允及漏略未及者，爲之審釋考論。先款識，次述異於舊釋之字，次釋文，間於句下綴以雙行小注，末總説，皆極精闢可喜。如「敔敦」改題「召穆公敦」，謂「敔」即「虎」，鄭司農《周禮注》「敔，木虎」，《釋名·釋樂器》「敔狀如伏虎」，敔、虎音復相近，古人書名多通用。其説至確。張叔未嘗言侃叔移解經之學以解釋鐘鼎古文，辨形悟聲，旁通曲證，非世之拘守許氏者可比，信不誣也。此書未見刊板，僅有抄本流傳。孫仲容《古籀拾遺》與此體例略同，蓋不謀而合也。此本出於貴池劉氏聚學軒，末附唐元素藏侃叔彝器拓本考釋五事，有阮文達、張叔未跋，朱右甫觀款，亦劉氏所增入也。丁卯九月，更年記。

漢隸拾遺一卷徐子遠手鈔本

王懷祖先生《漢隸拾遺》一卷，考釋精審，並足依據，惟謂《李翕西狹頌》題名十二行爲《天井碑》題名，以《隸釋》爲不誤；又《魯峻碑》内「懷温潤」「温」字謂右邊作「𥁕」，其上即「人」字，此二件殆先生千慮之失，或所據墨本前者非全幅，後者氊蠟有未緻與。此本係從《讀書雜志》中鈔出，格紙中縫有「通介堂集」四字，又首頁有「徐子遠」朱文印。案子遠名灝，番禺人，著有《通介堂經説》《説文解字注箋》行於世，陳東塾言子遠工詩，通六書九數，老師宿儒咸稱之，蓋種文績學士也。通卷書法工整，無一破體俗字，非鈔胥所能，或子遠所手寫耶。丁卯秋九月廿一日，晨起坐石藥簃書。

華山碑考四卷石氏古歡閣刊本

歸安石子韓宗建嗜金石，喜刻書，光緒六七年間曾刻夏氏《山右金石録》，垂成而子韓病殁，其邑人淩子與霞爲之校訂印行。據子與題記，子韓嘗擬刻《鐵函齋書跋》，又淩氏《癖好堂金石書目》載有古歡閣雙鈎秦漢石刻四種，今皆不可得見。若此《華山碑考》，雖子與亦不知之，殆差後於《金石録》付刻者耶。卷三之首縮摹碑文，猶缺而未刻，卷一有朱校，卷二以下未校，每頁但記字數，未記總數及刻資，蓋先後所印樣本，故紙色不純一也。所校誤字未經修改，殆因子韓即世，無人料理，其事遂寢，故僅有樣本流傳，當非完帙，今亦將五十年矣。阮氏元刻既不易得，有重刻者又未潰於成，子韓好事之雅懷，至世無知者。吁，可慨已。比余撰《續考》成，方謀剞劂，適得此本，亦一奇也。

石氏刻《鐵橋金石跋》四卷，愚公得其紅樣。

西嶽華山廟碑續考跋

緝録既竟，覆校阮考一過，其中不乏謬誤。如卷一朱竹君跋「袁府君諱逢字周陽」，誤「陽」爲「湯」；「京子湯」，誤「湯」爲「陽」；「逵」字作「逹」，誤「逹」爲「達」；「通从马从用」，誤「马」爲「弓」；「歲从步戌聲而作嵗」，誤「嵗」爲「歳」；「[illegible]从尸从雙从手而作承」，誤「尸」爲「尸」；「昰作昰」誤爲「昰作昰」；「𢽚作致」，誤「致」爲「致」。桂未谷跋「子敞」，誤「敞」爲「敝」。卷二成親王詩「蓋亭復算暨祠事」，誤「暨」爲「墍」；「瓌室夜燭金精垣」，誤「夜」爲「下」；翁覃溪跋范氏此碑一則誤與上連。卷三阮文達嘉慶十五年後一跋亦誤與上連；嚴鐵橋跋「復在陳宗人丞宅」，誤「宗人」爲「定九」。卷四郭允伯跋「何關名義也」，誤「關」爲「闕」；李天生跋「雲雝允伯不能常有」，「雝」上脱「雲」字；王覺斯詩「莫不泉多華岳西」，「多」作「東」；南鼎甫跋「其足爲珍寶」，誤「其」爲「甚」；梁君旭跋「精嫰不可言」，誤「嫰」爲「微」；朱季鳳跋「允伯丈」，誤「丈」爲「又」；「晉唐人畫」，誤「畫」爲「書」；朱仲宗跋「挑拔平硬如折刀頭」，誤「頭」爲「訣」；「今觀此碑與王語若合符」，「碑」下衍「文」字，又誤「與」爲「及」；陸五湖跋「敬題允伯郭先生所藏華山碑」，脱「允伯」二字；「下上三千年」，「上」作空格。此皆繕刻之疎，亟待刊正者也。又卷二鐵梅庵詩「咄哉此碑不合建於延熹年，新莽孽燄纏妖蠱」，刻本作「此碑不合延熹年，宦權黨禍纏災蠱」，又「郭髯趙崡競考據，究於金石有何補」，刻本作「郭趙諸人競考據，究於金石無多補」，是或後來所改定耶。最記於此，備異日重刻阮考者讐勘之資云。更年記。

王壬秋《湘綺樓日記》云：「《華山碑》三本，長垣本歸劉燕庭，四明本歸阮雲臺，華陰本歸梁茝林。劉孟簷又得揚州市肆本，李約農得南昌本，李山農本整裱歸張樵野，此爲後三本。」歐陽棠丞《集古求真》自言藏有《華山碑》宋搨本，無錫宗人郲農《晚紅軒筆記》謂長垣本嘗自東武劉氏歸沈旭庭。褚禮堂《角茶軒金石譚》述寶華盦宴集觀《華山碑》三本情事甚悉，惜皆見於成書以後，未及編入。壬翁所稱後三本，其中李山農整本歸張樵野者，前所未聞，今亦不講於人口。沈旭庭長垣本跋不言曾爲己有，疑係傳聞之譌。歐、褚兩家書今方盛行於時，並識以諗讀者。戊辰春，嬰闇居士再記。

湖北金石志十四卷通志抽印紅樣本

《湖北金石志》十四卷，《通志》抽印樣本，中有繆藝風、楊星吾案語，蓋即兩君所編也。陳詩《湖北金石存佚考》印本流傳極罕，此中已大半收入，可以窺其略矣。戊辰九月廿七日，購於袁回子帖肆，直九元，惟紅印本不能著水，閱者慎之。嬰闇記。

粤東金石略

覃溪此書，先後印本頗多異同。其一，卷七「既得魏公手書一石」條末尾無注，此最初印本也。其一，「既得魏公手書一石」條所附録之覃溪詩，自第五句起悉加點竄，又節去一韻，致後空一行，因加注云：「此詩先有刻本，今就後所改定本録於此，此初印本也。」其一，卷八「朱長文墨池編」條「蓋嘗刺端州也」下增「又按黄山谷、曾茶山集中石室記詩皆言北海書」，下接「又鄭氏金石略」云云。又卷八「轉運使尚書馬尋」條據康熙間韓作棟《七星巖志》增注一則。又「郡□守殿中丞陳擇題泐」條亦據《七星巖志》增注一則。又卷九「廉州府學安南古鐘銘」條「無昌符之號」下改云「近日鍾廣漢輯《建元考》亦無之，及考之《越史略》，則昌符乃陳氏紀年之號，其書三卷，不著撰人名氏，即撰於昌符之時，載至昌符元年丁巳而止，計其九年乙丑，是明洪武十八年也，可證府志之誤矣」。此則校定本也，迨後併入《蘇齋叢書》，「郡□守殿中丞陳擇題泐」增注脱失，「無昌符之號」以下所修改之四行亦壞爛成空白矣。余始獲一校定本，爲吴稷堂舊藏，今又得孔巽軒藏本，證以上述各條，蓋初印本也。若最初印本則未之見，惟粤中有一翻本，乃依最初印本重彫，其中卷五漢桂陽太守周憬功勳銘未夾注「憬字頗近是，翻本頗誤作顧」，是其異也。夫一書之得失，必目驗三四本而後始悉其詳，若以架有是書，不復措意重本，幾何不交臂失之。此書乃覃溪手寫上木，尤可欽玩，故余不惜資費，購儲兩本，並摘其修改各條之有關要義者，記諸初印本後。辛未十月。

益都金石記四卷丁氏原刊本

赤亭此書刊於光緒癸未，今不及五十年，而流傳已罕，余蒐求數年乃得之。赤亭又撰有《山左碑目》，去冬見孫文川藏抄本，爲吾友吳眉孫所有，其本即毘陵李氏據以傳刻者。李刻余亦近始購得，當與此本並儲。己巳夏六月，小睡足軒識。

清儀閣碑目

張叔未先生《清儀閣碑目》一卷，始《岣嶁》《石鼓》，汔坡公《三過堂詩刻》，都五百一十六種。首頁有先生名印及馮十三登府印，殆先生寫贈柳東者。《三過堂詩刻》適至册尾末行，其後或脱佚，或止於是，不可知，而先生藏弆之美富，固已具見。目中凡碑之書體，建立歲月，行數字數，及所在之地，藏本之爲某氏舊物，某人題記，爲裱本，爲粘册，爲整幅裝軸，或單張，載之纖悉靡遺，證以《清儀閣題跋》，無不相應。余偶得先生舊藏唐宋碑數紙，紙背各有題字，取此目核之，亦皆若析符之復合，其用力之勤，爲何如耶。吾觀藏書家目録，記載板刻行款，收藏源流，明清之間，已開其例，若藏碑目録如先生此册者，前此蓋無有也，是可爲矩矱矣。先生於已佚之碑，凡雙鈎重模之本，皆著於録，尤足爲後學開示法門。往余於碑本之重模者輒薄之爲不足取，及近年蒐討兩京文字，旁求鈎摹之本，用備參證，往往久而不獲，於是頗悔曩時見而輕棄之失。夫昔賢鈎摹重刻，勞精弊神，豈漫爲好事者，蓋皆有意於其間，而得之之難，正與古碑無異，然非身自經歷，得其甘苦，未易猝曉，先生此之所爲，固先獲我心矣。雖然，使不見此册，亦無以發余之説，世之博雅君子，其以爲然不耶。己巳七月十三日，雨窗病中記。

金石遺文録目録一卷鈔本

庚午展重陽日，柴芷湘攜贈，似係陳文子奕禧所著也。此僅目録，猶未完。

魏稼孫《非見齋藏金石書目》載有《金石遺文録》殘鈔本，存總目一册，碑文三册，附録《石鼓考》《石經考》《急就篇》《顧從義閣帖釋文》《金陵古金石考》《昭陵墨蹟考》《焦山古鼎考》《瘞鶴銘辨》《絳帖考》《戲鴻堂帖目》《玉烟堂帖目》《晉稗》諸種。魏書久已散佚，不知流轉何所，計今世仍當有完本，它日或幸遇之，記此以俟。

宋石經二卷附宋太學石經記一卷葉啓發傳録翁覃溪手稿本

長沙葉定侯、東明兄弟再來上海，手贈此册，謂尚有《倉頡碑考》《國山碑考》《海東金石記》等書，皆覃溪手稿本，將次弟鈔録遺余，俾人間多留一副本。通懷雅量，不以稿本自秘，是真善藏書者，以視一得自矜、不與人共者，其相去爲何如耶。庚午九月廿六日庚午，嬰闇居士記於海上寓居之石藥簃。

養素堂文集金石跋尾嬰闇手鈔本

此張介侯《養素堂集》十八、十九兩卷，皆金石跋尾，其中漢代逸碑多載洪氏《隸釋》《隸續》，不皆據墨本也。考證詳明，文字簡潔，略無穿鑿附會之習。竹汀、授堂而後，此其嗣響。惟是集流傳不多，知者蓋鮮。余嘗擬取宋元以來迄清代諸家文集中金石文跋摘鈔別出，彙爲叢刊，蓄志數年，未遑從事，兹先以此集爲之嚆矢云。十九年九月，嬰闇居士病起寫記。

漢石經室金石跋尾

近世川沙沈韻初中翰收藏碑刻之富，足與燕庭劉氏相頡頏，其所得亦劉氏舊藏爲多。往歲繆藝風從沈氏後人購得千數百種，多有燕庭簽題印記。最後一巨篋，其家以爲殘餘者，高敫之購之，猶貨得千數百金。積年零星散出，蘇淞估人並受其沾溉不少，固不僅以一二孤本傲人已耳。此本跋尾，乃其子從碑本迻録，約及百篇。吾嘗見韻初舊藏《倉頡碑》，有題識二段，此本無之，蓋所佚多矣。跋中詳於鑒賞，而略於考證，然在收藏家中，固蔚然大國也。鮑子年《觀古閣叢稿》累言韻初没後其母痛子情切，悉舉佳本焚之，爲之太息不置。今卷中各碑轉歸誰某，猶屈指可數，然則子年之所聞蓋謾語爾，傳言固可輕信耶。庚午十月，嬰闇居士識於海上寓居之石藥簃。

廣川書跋校本

丁卯春夏之交，定侯、東明兄弟避地海上，時相過從，出示行篋秘帙，有吾宗雁里草堂抄本《廣川書跋》，足校正毛氏刻本處甚夥。余時方搜集漢碑題識，心甚好之，欲從借校，會當盛暑，因循未及爲，而定侯返長沙矣。近二三年，時往來於心不能釋。今夏定侯攜家載書，浮湘東下，復得奉手，話及此書，再申前請，介弟東明輒許爲代校，因取重刻毛本付之，未旬日而斷手，並録郋園先生跋尾附後，一依黄顧家法，雖誤字亦録之。其中佳處，郋園論之已詳。余諦審卷五《谷口銅筩銘跋》「文學祭酒」以下乃跋《成都石室銘》者，蓋所闕十二行半乃《銅筩銘》之後半、《石室記》之前半也。郎園跋未言及此，因明著之，以諗讀者。抑余重有感焉，曩見鮑渌飲知不足齋藏書有魏柳洲、奚鐵生輩手爲校録者，流傳藝苑，矜爲名書。黄蕘圃與張訒庵諸人有無通假，互校分藏，往往見之題記，通懷達識，迥異凡庸，每念高風，輒作天際真人之想，不圖今日乃於定侯昆仲遇之，孰謂古今人不相及耶。顧余雖少有藏書，略無驚人秘笈，無以報貺，則又爽然自失矣。

石門碑醳跋

是書所録《漢開通褒余道石刻》僅前九行，後半則以晏袤釋文足之，其《游石門記》中有云：「仰視壁上，乃漢永平六年碑，碑中斷，後半傾圮，前半高一尺一寸，廣四尺一寸，文九行，字數隨石寬狹迤書，共五十八字，剥蝕將半，碑下《晏袤碑》，碑亦南鄭令晏袤所書，永平六年碑陰文高六尺一寸，廣三尺，文二十三行，前三行另刻《永平碑》碑後半自『楊顯』至『就安穩』九十四字」云云。言之鑿鑿，且記其高廣尺寸，宜若可信，而孰知其大謬不然。

案拓本文凡十六行，存一百廿四字，但九、十兩行之間有裂文一道，晏袤所書釋文，自「永和六年」至「就安穩」，較石刻多三十餘字，後爲題記，畢秋颿、王蘭泉兩家記載甚詳，兩公嘗官關中，非妄作者。倘如《碑醳》所言，似晏袤所書釋文乃補漢刻之闕，抑若宋時已僅存半者，即姑謂漢刻後半傾圮，而釋文前半固無恙，何以王氏所見以若是之巧自「楊顯」起耶。牽强附會，一至於此。然其親至其地，固非誑語，於此可見著録之難，書之不可盡信，如是如是。又《郙閣頌》「校致攻堅」，「攻」譌爲「故」。其他舛誤，恐亦不免，暇日當取拓本一爲讐勘也。十月初十日燈下記。

劉球隸韻十卷 初印本

吾家石研齋刻宋淳熙劉球《隸韻》，初得石刻本十卷，繼從范氏天一閣得殘本碑目一卷，劉球奏進表半篇，又自撰《碑目考證》一卷附於後，時嘉慶己巳夏六月也。至明年冬，翁覃溪爲加《考證》二卷并序，故初印本無翁氏考、序。今此本不但無翁氏考、序，乃并殘目、表及《碑目考證》而無之，而元裝十册，籤題完好，斷其决非脱失，然則此乃初刻成十卷時所印，爲傳本之最先者矣，是可寶也。比予收得《庚子消夏記》羅紋紙初印本，後無《閒者軒帖考》，初印精本往往僅及本書，不能窺其全豹，而全者又不能若此之楮墨精好，賞心悦目，於以歎兩美之難也。翻閲再過，輒詳著之，亦猶董文敏所謂余知之真確，故題於後云爾。

古泉圖録

長沙葉默庵德煌藏泉頗富，其子嘯甫啓荃因其父早亡，無著作流傳，擬將所藏古泉編爲一書，歸美乃父。已成十四卷，至唐開元錢止，其中有「釋齊刀」一條甚精，乃其伯父郎園説也。

齊建邦作圜貨。「建邦」或釋「造邦」，今細審其字形，實以「建邦」爲近是。「[illegible]」即「詛」字，「詛」古與「作」通，《詩·大雅》「侯作侯祝」。「夻」釋「吉」、釋媘「法」，并非。蓋「夻」爲「圜」之媘，如「圜」可媘作「睘」，「睘」可省作「夻」。太公行圜法於齊，是「夻」爲「圜」之鐵證。「化」古「貨」字，合而讀之，「齊建邦作圜貨」是也。

金石古文考

《金石古文考》一卷，鄭業斆撰。凡四篇：一《釋卝》，謂「卝」爲「分」字。一《釋夂》，謂「夂」从丨从又，丨亦聲，不從洨長舊説。一《釋蒿》，謂吳清卿釋「鎬」是也，謂非从高，則非。古人質實，「方」字或即畫作「囗」形，而从囗之字因即可以「方」字代之，此以「亯」爲「高」，變「囗」爲「方」，正是一律。一《書石鼓後》，則專駁俞理初以爲北魏之謬，又謂秦文公得陳寶即是石鼓，以文公獲數石於陳倉，後世石鼓之出亦在陳倉知之。凡此諸條，皆非蹈襲故常，足備一説。業斆字幼惺，長沙人，別有《獨笑齋金石考略》四卷行於世。又《釋卝》後有善化黃鹿泉膺此作「膺」，似誤。書後一則，往余客湘，嘗因程子大識其人，年已望七，喜爲詩，自號山谷詩孫，光緒間以部郎出守滇中，撰《孟孝琚碑跋》刻於石，考訂精覈，定爲建武時物，較羅氏振玉説差爲可信。

汪本隸釋刊誤

《隸釋刊誤》一卷，黄丕烈撰，顧千里後序，實顧所代撰也。《隸釋》一書，明代有王雲鷺刻本，流傳甚罕，近代只樓松書屋汪氏一刻，汪從王出，未爲盡善。蕘翁購得葉九來藏舊抄本，其碑文多與婁氏《字原》相合，故深信之，因爲汪本刊誤，稱重藝林久矣。余近撰《漢碑集釋》，凡碑志見於《隸釋》而今仍存者，取墨本以校汪本，兼及此書，其中謬誤頗多是正，然亦有黄氏據葉抄本刊其誤而又合於《字原》者，汪本往往不誤，而仍葉本之誤也。夫葉本出於傳抄，謬誤所不能免，顧何以多合於《字原》，殊不可解。吾嘗就此推勘，知其誤蓋有由來。九來清初人，其時毛刻《字原》已盛行於世，九來抄本所據之底本，殆嘗有好事者用《字原》校過，盧抱經云，吴門朱氏有《隸釋》寫本，較勝於刻本，乃爲一妄男子所塗改，以一二石本證之，始知其大謬也云云。既不合於石本，其所塗改，非出《字原》而何，或即九來所據底本，未可知也。故校之汪本則或異，證之《字原》則皆同也。非然者，何兩書若符節之合耶，而不知毛刻《字原》之不足據也。翁覃溪《宋槧漢隸字原跋》言：「宋槧本雖已重修，尚去碑本未遠，毛氏則就宋本之已漶者重繕開彫，楷之工不足以贖其隸之謬，直是一不曉隸書者爲之過録，不特失其神，且失其形。其於字之曲直俯仰，斷續伸縮，皆所不知。夕夕之之不辨，ㅂ口之弗審，偏傍毫釐之失，則字非其字，勿問原矣。毛氏汲古閣雕板書數十百種，烜赫人間，未有若是書之謬戾訛舛，貽誤天下後世者也。」覃溪親見宋槧，其言可信，黄顧未見宋本，見葉抄合於毛刻《字原》而遽信之，而不知其誤，正坐此也。兩君精鑒別，善讐勘，猶有此失，所謂智者千慮者非耶。吾家石研齋刊劉球《隸韻》，覃溪稱其足資考訂，倘有好事，取石之存於今及石佚而猶有墨本流傳者，合之劉氏書，重校《隸釋》一過，俾文惠用日力於此不少者稍還舊觀，不亦大快乎哉。

十鐘山房印舉殘册

簠齋藏印之富，爲近代第一。道咸之交，陳粟園爲拓《印集》十二册，凡印二千數百鈕，殿以封泥，紙墨精良，世稱妙品。同治末，藏印增至六千有奇，擬編爲《十鐘山房印舉》八十卷，顧以無人相助，獨與其次君九蘭排次模印，終不果成。今所流傳，率皆殘册。嗣高要何伯瑜至濰，留居年餘，爲拓廿許部，即今所稱足本也。後此所拓，則一印一紙，改作巾箱本，不若何拓之條例秩然矣。此本書題次行署云「同治壬申海濱病史六十歲作」，是乃盡齋父子手拓之本，古鉢略已完具，官印前稍有脱失，然即此兩類，足供玩賞。舊爲丹徒劉鐵雲收藏，書衣題字即其手筆。其子健叔持以問售，數年無過問者，最後以眎余，乃以銀幣三十枚易之。名賢手澤，雖斷縑零楮，亦當珍惜。鐵雲與余蓋有同心，流俗那得知此意。時有嗤余以重直收殘本者，故略論之如此。

廟堂碑考

往讀《翁氏家事略記》，嘉慶十二年丁卯，是年夏撰《廟堂碑考》一卷，秋九月王堉宗誠赴山東學使任，刻於濟南云云。自是知有是書，隨處留心搜訪，十數年來，迄未之遇。近代藏家如魏稼孫、凌子與，朋輩如愚公、林石廬，余悉有其目，著録金石諸書，多者至千種，少亦二三百種，並皆無此，其流傳之寡，概可想見。數年前滬肆出一本，爲徐積餘以重值購去，徒深歆羨而已。昨歲吾友眉孫吴君收得陳荄庵遺書，中有此本，因從借觀，留案頭經月。覃溪撰此書時年七十有五，劬學澤古，老而不倦，考訂精審，析及毫芒，星伯手寫上板，即用永興筆意，與其平日作率更體者迴殊，固知能者無不可也。此本在木刻信爲妙品，其善寶諸。憶昔與君論藏書，余謂清代刻本以仿宋本及名人手寫刻本爲最可貴，君即屬余寫一目，匆匆七八年，愧無以應。今君藏弆日富，鑒賞益精，曩之所以期請我者，將轉以期之於君矣，君其有意否耶。並識以誶之。壬申四月，嬰闇居士秦更年記。

古鉢印文傳

《古鉢印文傳》，往讀《陳書齋尺牘》知之，今始獲寓目。書齋謂子振刀勝於筆，臨摹尤長，自篆則不如王西泉遠甚。余觀册中所摹鉢印五十二事，大都載在《印舉》，頗得其真，蓋書齋藏鉢印至富，論刻印尤能抉其精微。子振耳濡目染，皆不落第二義，宜非尋常印人所能望其肩背，惟以年不永，未能卓然成家，爲可惜耳。此册刻於同治壬申，今適甲幹一周，傳本亦漸罕矣。子振名佩綱，爲書齋族弟云。壬申十月。

印　蒴

入歲來埋首故紙堆中，偶檢得張丹斧長君「游蒳之鉢」拓本一紙，識云：「此印如成周人手書，想見其豪毛茂茂。」其自喜乃爾。出以眎静庵，静庵歎絶，謂不可使之無傳，因就兩家篋中所有，凡出之非印人者悉取之，得袁寒雲、葉葒漁、黄樸存、馬叔平、陳師曾之夫人各一事，又得丹斧二事，益以南蘋夫人手摹曼生朱白文各一，又取予自刻一印入之，都凡十有一印，編爲一帙，顔曰「印蒴」，以貽好事者。諸人雖非當家，莫不熟於三代秦漢文字，偶然拾得，奇情異趣，不可方物，蓋皆有其獨到處也。惟以予次於諸家後，殊覺不稱，然韓非與老子同傳，以彼例此，予又安用辭。己卯四月，嬰闇居士。

跋焦里堂印

吾鄉焦里堂先生爲乾嘉間經學大師，勤於著述，三四十年來，見其稿本至多，亦間有手鈔秘笈，書法蒼勁，何子貞嘗盛稱之。仲坰仁兄於揚州市上購得此印，即往時見於書頭冊尾者，名賢舊物，其善寶之。邑後學秦更年記。

跋畢既明刻印

既明嘗撰《六書通》，意必精於篆刻。此印無題署，或其所自鐫耶。余恐石入一家，輒磨一次，因記於側，願後之得者其寶之。二十九年五月，嬰闇居士記。

吴讓之先生印存

近人況夔笙稱讓翁刻印第一，畫次之，書又次之，論者竟無以易其説，洵定評也。乙酉冬，更年。

秦漢印叢

仲坰購得金蘭坡舊藏金石墨本一束，中間夾此數紙，仲坰裝成一册，雖收集不多，亦有一二異文，足供獵取。丁亥十二月，嬰闇居士閲竟題記。

爲葉潞淵題古鉥印文傳

曩讀陳簠齋赤牘云：「有族弟子振名佩綱，作《古鉥印文傳》，可三十方，函託潘伯寅、王廉生諸人爲代銷。」事在同治、光緒間，今八十餘年矣。余嘗見一册所謂可三十方者，兹潞淵葉君以此二册見示，凡古鉥五十有三，後三方重複。當係後有增益，爲子振所摹足本。簠齋謂子振自篆不及王西泉，摹古尚有六七分形似，後又云能得八九，已足爲是册佳評。惟册首無署名，久之將無知者，爲識之如此。甲午六月，更年。

端谿硯史三卷 許氏刻本

此書初刻於鄭氏浮一堂，後版歸嘉善周氏。道光之季，南海伍氏刻入《嶺南遺書》，吴門曹秋舫又覆刻之，光緒間杭州許氏復刻一本，即此是也。曹本流傳最罕，原刻初印本亦艱覯。戊寅五月。

端石考一卷 蟫隱廬刊本

此書陸鐵簫藏之，王硯農録之，羅子經印行之，世不知爲誰氏作，苟有一人曾見吴淞巖《端溪硯志》者，何致懵然莫辨，於是可見《硯志》流傳之希。

李申耆《硯坑記》排字本，《養一齋集》附刻之，後來刻本即删去矣。戊寅六月，石藥簃識。

嬰闇題跋卷四

盂鼎釋文

碩庭所録釋文本於吴愙齋，余往時曾就徐籀莊、吴子苾、陳簠齋、吴愙齋、孫籀高諸家釋文，參以己意釋之。「ㄋ」徐、吴並釋「乃」，愙齋嘗疑古文無厥字。余按古文「氒」作「ㄋ」，「乃」作「ㄋ」，「及」作「𠬚」，形雖近而有別，宋人釋此字不誤也。「𠨍」諸家並釋「即」，孫釋爲「御」之壞字，从之。「醆」徐與二吴釋「酌」，孫釋謂从酉，㤆省聲。「醾」諸家釋「醾」，孫釋「醻」，於字形較合，而兩字《説文》皆不載。余謂古文有而《説文》無者甚夥，此二字但存其形，缺其聲義可耳。「𤇾」字徐、吴釋「燕」，陳疑「飛」，通「非」，愙齋釋「棐」，又釋「椄」，似皆未確。余謂此字左右乃「人」之側視形即「尸」也，其中「手」形「匕」形爲歆享之意，其下乃薦物之「丌」，蓋象形而兼會意之字，古「祭」字也。《周禮・司勳》「祭于大烝」，此云「有祭烝祀」，辭例正同。「□」諸家並釋「戠」，孫釋「昏」，謂爲「䎽」字之省，借爲「捪」字。余按《説文》「䎽」爲古文「聞」，此字从耳从昏，並不省，釋作「聞」，於義亦協，奚用通假爲哉。「有四方」上一字諸家皆謂亦即此字。余按此器兩「烝」字首亦作三點，此或「烝」之壞字耶。「□」諸家釋「肆」，陳釋「肄」，「肆」「肄」古通。「□」徐、吳、陳並釋「黽」，愙齋釋「憲」，孫釋「㐭」。「□」諸家釋「艾」，孫釋「𤇾」，謂爲「勞」省。「□」徐、吳釋「舊」，愙齋釋「奮」，孫釋「雝」，今並从孫。「□」徐、吳、陳釋「永」，愙齋釋「於」，姑从衆。「□」諸家釋「邁相」，孫釋「遹眚省」，最爲精確，説義亦甚詳，詞繁不復徵引。余於諸家蓋取於籀高特多。嬰闇居士。

「□」諸家釋「獸」，陳謂即「守」，愙齋釋「蔪」，又謂爲「邁」之異文，余謂字當作「遣」，讀如陳釋。「白」諸家並讀作「百」，孫如字，當从孫。「□」徐、吳闕釋，陳釋「宓」，謂即「密」字，愙齋釋「歆」，當存疑。

余釋此器，大都取於前賢，但録其文，不詳其義，以諸家所著書固具在也。惟「祭」字一釋與諸家迥殊，未能自信，特爲拈出，請與褱白仁兄一商榷焉。辛巳十月朔辛未，雨中燈下書。秦更年。

汪拓石鼓

予求《石鼓》舊本，久而弗獲。偶閲葉鞠裳《語石》，謂汪郎亭作貳成均，精拓《石鼓》，爲世所重。恩施樊山方伯詩云：「東吴太史長國學，周宣十鼓生廉角。平中得凹缺者完，坐令阮薛輸汪拓。」即詠此事。又曰：「視國初拓轉多字。」予自是遂留意汪拓。去冬張丹父得一本，乃吴窓齋舊藏，詑爲明拓，細審之，蓋汪拓也。今年春閲肆庖上，購得此本，紙墨精雅，神采奕奕，與丹父所藏實爲一時之物，惟紙經熏染，汩其本來，犂軒善眩，往往如此。此本校之國初舊拓，祇弟二鼓壞四五字，餘均無異，而曼患處間露偏旁，或一二筆蹤，爲舊拓所不見。葉氏謂轉多字者，殆以此歟。咸同以還，濰縣陳壼齋研精拓法，妙絶古今，同時癖好金石之士，莫不於此致意。陳拓琅邪臺刻石遠勝舊拓，足與此媲美藝林，後來居上，不必定以舊爲貴也。故表而出之，以諗來者。郎亭官祭酒在光緒丙子，至甲申始遷官云。癸亥正月，嬰盦記。

漢石經殘字摹本

《漢石經殘字摹本》，始錢楳溪於乾隆五十年刻於吴門，凡《尚書·洪範篇》《君奭篇》，《魯詩·魏風》《唐風》，《儀禮·大射儀》《聘禮》，《公羊·隱公四年傳》，《論語·微子篇》《堯曰篇》，又盇毛包周有無不同之説，及博士左立姓名十段。五十三年，翁覃溪合黄小松所藏《尚書·盤庚篇》、《論語·爲政》《堯曰篇》三段刻於南昌學宫，連「堯曰」二段爲一，凡十二段。後四年，李曉園守紹興，又刻於郡學，《堯曰篇》仍分兩段，凡十三段。同時如皋姜氏、吴門劉氏亦摹刻之。五十八年，楳溪又得《論語·學而篇》一段，更刻一石，則以上諸本所無。凡此皆石刻也。此本三段即黄氏所藏，舊在孫退谷研山齋中，摹本非一，故陳氏又據以覆鐫，雖爲木板，顧極精善，諸家題識，亦頗資參考，予舊有翁、李兩石本，得此而三矣。姜、劉所摹及楳溪《學而》一石尚有待於搜訪也。壬戌冬至前三日，嬰闇居士展觀因記。

此本係據黄小松藏本摹刻，小松得之董大理元鏡者，硯山齋所藏另是一本，《般庚篇》多「凶德綏績」四字，兩本今并在楚北萬氏，頃觀景印本始知之。甲子八月，嬰闇又記。

漢石經論語堯曰篇殘字

此漢石經《論語·堯曰篇》殘字，壬戌冬與正始三體石經同出洛陽城東，其地殆漢太學歟。世傳漢石經殘拓率皆宋時重刻，此則中郎妙蹟，熹平之遺，雖止片石，何啻拱璧，因屬武進張石園精意摹之，固不僅虎賁之似也。甲子八月。

魏正始三體石經

魏正始三體石經，始著録於洪氏《隸釋》。光緒乙未，洛陽出殘石，旋歸黄縣丁氏。後廿八年又出一巨石，一面刻《尚書》，他面刻《春秋經》，字數多於宋人所見不啻倍蓰。此本即丁藏《君奭》殘字，近聞其石已易主矣。三體中篆隸皆工，其古文一體，筆筆作丁頭鼠尾狀，前此從未之見，殆係書碑者欲別於篆文，故造作此體，使人見而易辨。自是而後，宋人撰集《彝器欵識》，咸依此摹寫，直至《西清古鑑》，猶沿而不改，抑若非此即不成爲古文者，以僞亂真，歷時千載，誠爲異事，是亦得失之林也。吾意當名之曰「魏石經體」，以備一格，若目爲真古文則誤矣。仲坰出此屬題，輒書以塞責。此本舊爲褚禮堂所藏，釋文即其所書也。丁亥仲冬。

魏正始石經殘字尚書一卷春秋一卷海寧陳氏影印

近出魏三體石經，其《尚書》最爲歧異，有衍有脱，有異文，有錯簡，甚有爲自唐石經以來各本所無之字。此經向多聚訟，今又增一重公案矣。余讀《無逸篇》「兄若時不商不敢含怒」句，得一説焉。案「兄」，各本「允」，「兄」古「况」字也。《桑柔》詩云「倉兄填兮」，召旻云「職」，「兄」斯引《釋文》「兄音况」。韋氏《國語》注云：「兄，益也。」「商」，各本「啇」，鄭氏注曰「不但不敢含怒」，疏引《説文》云：「啇，語時不啇也。」鄭注以啇爲但者，聲之轉云。此石隸作「商」，「啇」「商」古本通用，惟古文篆文皆从帝从口，而隸反作「商」，似非讀施智切之「啻」。考張參《五經文字》木部「樀樀」：「上《説文》从啻，下石經凡『敵』『滴』『適』之類皆从商。」是篆文作「啻」，而《隸釋》「商」者當讀都歷切。吴大澂《字説》云：「古文適作啻。」《吕覽·下賢篇》云「帝也者，天下之適也」，注：「適，主也。」《廣雅·釋詁》：「適，君也。」據此則經云「兄若時不商不敢含怒」者，蓋言益于此時不以人主自居，不敢含怒，于義尤長，但與鄭異讀爾。然漢儒解經，各尊師説，往往所執互異，固未可以一端論也。因觀乃乾陳君是本，輒書以質之。時癸亥仲冬，江都秦更年曼青識于海上寓盧。

禮器碑

此碑標目，諸家題「造禮器」者爲多，唯《天下碑録》題作「魯相韓勑復顔氏繇發碑」，《東家雜記》題「乞復顔氏并官氏繇碑」，《闕里志》同，但於「繇」下增「發」字。後來施文藻《石刻便覽》遂誤「復繇發」「造禮器」爲二碑矣。碑中「朝車威熹」一語，諸家皆無説，或云威熹，光澤皃。予按《抱朴子》「靈芝號威喜」，頗疑所造之輿，畫靈芝爲飾，故曰「朝車威熹」也。況此語叙、銘兩見，果以光澤爲義，銘中不難别易其詞，何必複出，故疑其爲物名也。「熹」「喜」，古今字。

西嶽華山廟碑

此刻從華陰本出，僅存匡廓，神理全非，又波筆往往不完，蓋由裱工將紙本裁狹之故。南居仁言允伯侍史裝潢妙得古法，亦虚有其名耳。世間事名實不符者，大抵如是。丁卯二月初五日，晨起展觀，因記。

「霸陵」「陵」字華陰本完好，此僅存半，何耶。

劉熊碑

《劉熊碑》摹本，覃溪最早出，陵苕館亦有刻本，微有異同，有碑圖而無釋文也。趙撝叔摹本，吴清卿爲刻諸端石，字視此略多。劉鐵雲曾得古揭，以石印行世，亦多字本也。近人顧鼎梅得《劉熊碑》陰殘石，蘇過題字猶可辨識。此十數年内事，皆此碑故實也。撝叔摹本余有之，頗參以本家書法，不若覃溪之能得其真。此乃葉東卿原刻初印本，印記纍纍，至可愛玩。頃從静安借觀，因記所聞見還之。癸酉四月十二日立夏，嬰闇居士秦更年書於東軒。

「婁江陸潤之鑒藏印」朱文長方。

「聽松老人」白文方。

漢曹景完碑

《曹景完碑》余舊藏數本，均已贈人，惟存一整幅未翦本，爲劉燕庭故物，綿紙淡拓，亦無碑陰，與此略同，似係乾隆前拓本也。此本爲吾鄉岑仲陶舊藏，仲陶以劉孟瞻、梅藴生、吴讓之諸人爲師友，凡所藏弆，皆有可觀，故收之俾還故土。弟二葉「岑仲陶家珍藏」一印，讓翁作也。嬰闇。

俞粟廬宗海，婁縣人，擅崑曲，今猶健在，年已七十餘，所藏金石墨本，邇者不復能守，遂散之帖肆，亦無甚上選也。

漢孔文禮碑舊拓本

此碑出於雍正間，此本乃初出土時所拓。取校翁覃溪《兩漢金石記》，如「尚節」「節」字，翁誤作「亨」。「仁風既敫」「敫」字，翁誤作「敷」，實乃「激」字，水傍泐耳。又半字數筆足以補正處尚夥。舊爲吴門顧蘆汀、管城李固桓遞藏，後歸周季譻。余客湘中，購得季譻家藏金石墨本數十種，累經轉徙，散失已多，此册幸存，因識數語于後，俾後之人知所寶貴云。

戊寅五月，梅雨連旬，樓居鬱悶。今日晡時，天忽放晴，出此册展觀，因記。廿七日，夏至後二日也。嬰闇居士。

近時藏家於《孔文禮碑》以「繼德前葉」「繼」字不損者爲貴，此本不但「繼」字不損，其上「君」字之「口」尚可辨，較之張月齋所見本當係一時所拓，特無字處剪截頗多耳。嬰闇又記。

漢故博陵太守孔府君碑前附翁氏重刻十三字殘碑

右《孔彪碑》，在漢石中損壞最甚，近傳拓本，幾於不可辨識。海上狄氏平等閣有珂羅版印本，係吾鄉汪容父先生舊物，相傳以爲宋拓，取校此本，彼所有之字，此皆有之，即剥蝕之痕亦相似，則此拓蓋亦甚舊，惟氈蠟不精，字口遜其清晰耳。是册乃大興劉子重銓福舊藏，子重爲寬夫侍御位坦嗣君，以金石世其家學，何蝯叟《懷人》詩所云「妙有佳兒能好古，勤收翠墨饌先生」者是也。己未十一月十一日，在長沙洪家井寓舍之睡足軒勘畢題記，時夜漏三下矣。更年。

册首有「王錫棨所得三代兩漢吉金記」「戟門所得金石」兩印記，其人在光緒初元，以金石家稱于京師，所藏三代彝器爲尤富云。

漢祀三公碑天放樓舊藏

此碑始著録于《兩漢金石記》，其所審釋，頗多疑似，如「本」下「祀」字作「視」，「東就衡山」「就」字失釋，尤爲顯然之誤，俟再取《常山貞石志》合校之，當必有所是正也。是本爲陽湖趙惠父烈文天放樓舊藏，壬戌冬得於滬上，臘八日燈下校記。更年。

張松平《金石聚》釋「簫」爲「稱」，謬甚。五月廿四日，取黄張書校竟又記。

「將作掾王簫」諸家皆釋作「王策」，余按李陽冰篆書《城隍廟碑》「祀典」字作「𠔃」，此碑合篆爲隸，則此亦「典」字也。丁卯夏五月，嬰闇記。

漢故圉令趙君之碑

《漢故圉令趙君之碑》文十三行，行十九字，有額，均隸書。趙氏《金石録》、洪氏《隸釋》並著録之。相傳碑在南陽，今已不存。考諸家記載，顧南原有寒山趙氏本，錢竹汀有舊搨整本，張芑堂有整幅本，馬半槎有剪褾本，張、馬兩本均歸之黄小松。又徐紫珊有一本，梁茝林跋徐本，謂嘗見蔣伯生藏整褾本。合之凡六本，均不可得見，惟黄本摹入《小蓬萊閣金石文字》，徐本摹入《隨軒金石文字》，因取兩本對勘，此本與徐本一一相合，與黄本則有異同。如弟一行「君諱」下黄本闕，此本存「言」旁。「字」字，黄本存半，此本全。弟二行第十七格「而」字，黄本存下半，此本無。弟三行「博施」下黄本闕，此本有「濟」字，稍泐。此字《隸釋》已不存。又下三格黄本存「亻」旁，此本無。弟三行弟十八格「公」字，黄本存弟二筆之半，此本僅闕首筆。弟八行弟十五格黄本闕，此本存左半作「見」。弟九行弟一格黄本闕，此本有字稍泐，似係「直」字。又下六格黄本闕，此本存數筆，惟不辨爲何字。此外筆道小異處，尤不一而足。同一碑拓，歧異若此，殊不可解，其此本出於僞造歟，顧百年來金石家舉無此説，詢之南北帖估，亦不知此碑有摹本，近人方藥雨蓄碑極富，並借觀於海内藏家，成《校碑隨筆》一卷，備極精審，果其有之，何致決無聞見，而亦謂此爲佚碑。且徐紫珊在道咸間頗負鑒賞名，彼既鈎刻傳世，當非贋物，然以黄本核之，仍不能無疑。嗣閲錢梅溪《履園叢話》記此碑，謂數年凡兩見，即錢張二本。似此碑猶在人間，或隱於深山窮谷間，難以尋覓云云。是此或曾有好事者覓得此碑，重剜椎拓，致有差池耳。但碑既發見，何以傳本仍若是之鮮，豈真在人迹罕到處耶。《趙圉令碑》時風衆勢，目爲贋鼎，羣然一辭，牢不可破，俟再就博雅質證之，此本固宜寶貴也。庚申花朝，雨中燈下識。

孟琁殘碑

此《孟琁殘碑》文首行有「□□丙申月建臨卯」云云，末有「十月癸卯於塋西起墳十一月乙卯上下懷抱之恩」語，蓋其卒在丙申歲之二月，葬以十月，立碑以十一月也，而年號闕如。上虞羅叔言以《長術》考之，有漢一代，六值丙申，惟河平四年十月爲庚辰朔二十四日癸卯，十一月爲庚戌朔初六日乙卯，與碑中所叙甲子脗合，定爲河平四年所立，極爲精確可信。西漢刻石，傳世僅三四種，增此一石，亦云幸矣。

漢溧陽長潘乾校官碑

洪景伯《隸釋》著録是碑，闕誤滋甚，自單禧以迄翁、王諸家，各爲補釋是正，視洪釋爲備。何蝯叟又復識出數字，曰「修□□之迹」中空兩格，細辨知爲「藋苻」二字，「修」者除治也，「藋苻」用「子大叔取人于藋苻之澤」，「萑」「藋」相通假也。又曰「苻」字僅存左半，或是「栵」字，亦未可知。叚「藋」爲「灌」，言修除藋栵，即闢土地之意。「雅容□閑」，辨爲「物閑」，「牛」字甚明白，「勿」字亦存大意，石有泐損耳。「比物四驪，閑之爲則」，此假借用之，射者當物揖，故云「發彼有的，雅容物閑」也。「□刈骾雄」，審爲「龕刈」，「龕」音義同「戡」，見《文選》注云云。予細審碑文，「修」下爲「藋栵」二字，非「藋苻」，「龕」字甚確，惟「閑」上一字从由从女，明顯易辨。《集韻》「婁」古作「㚢」，音縷。卷婁，形神交役也。此云婁閑，謂雖卷婁而猶閑暇也，其義甚洽，乃竟無識之者，何也。千年窒滯，一旦豁然，爲之狂喜竟日，燈下走筆記之。癸亥三月二十八日，更年。

爲吴仲埛題漢竹葉碑

右漢殘碑陰，俗稱之曰《竹葉碑》。黄小松《小蓬萊閣金石目》云正面隱隱有「承祖造」等字，而碑估皆置之不拓，故僅有碑陰行世也。此石近已斷而爲三，字益漫漶不可辨。此舊拓精本，極不易得，願仲埛善藏之。丙寅秋九月，更年借觀因記，時同客上海。

漢石叢殘子游碑

近年安陽出《子游碑》，上段存十二行，行八字，合而讀之，但中間缺一字，每行最多者得十八字。下截所缺，似每行僅十餘字耳。文中有「元初二年六月卯卒」云云，可以確知其立碑歲月，惟其姓仍不得見，且上截甫出而中截又佚，終不能無遺憾也。兹合新舊二石之文，摹寫如右，以備參考。癸亥二月，嬰闇記於海上寓舍。

德州二高碑

此德州二高碑，相傳均出土於乾隆年間。《高湛碑》爲初出土時拓本，弟一行「芳德遐流」之「遐流」二字未泐，其證也。《高貞碑》拓稍次，以弟八行「英華於王許」之「於」字末筆少損，然亦拓於出土之三數年中，再次之拓本則泐及「王」字弟二畫矣。近日京師好事家購求兩碑初本，懸以兼金，猶不易得，余乃無意獲之，幸何如耶。册首題字，審爲葉東卿手筆，周季譻謂似是蘇齋書，殆未之細勘耳。己未臘八，長沙寓齋書。

又一本

余藏此碑凡兩本，一爲葉氏平安館舊物，一即此本，皆初出土時所拓。弟一行「芳德遐流」之「遐流」二字未泐，可證也。此本拓手精良，神采奕奕，遠非葉本所及。昔翁覃溪論碑，最重氊蠟，豈無故哉。友人吴眉孫自都門來書，謂近日收藏家於此碑初搨本懸五十金求一紙，猶不易得，而余乃得兩本，碑版之福，所享得無侈乎。記此志幸。

二金蜨堂雙鈎漢刻十種

右趙撝尗手鈎漢刻十種，世有二本，一用高麗牋鈎，宋陟鼇紙書覆，藏經牋簽，後歸沈均初，今在羅雪堂家。一紙墨稍遜，後歸魏稼孫，今不知何在。去年秋雪堂南來，述及此本，因從借觀。今春自沽上鄭重郵至，勾勒精好，愛不忍釋，其中如《南武陽功曹墓闕》，余求之數年，僅得章和元年一紙，尚缺畫像，爰以暇日，手自摹之，中間因病輟，歷兩月始卒業，蓋丁卯五月廿一日，余四十有三生辰也。越旬日裝成，漫書以識歲月。嬰闇居士。

漢沙南侯獲刻石鈎本

曩予模得是刻鈎本，後無考釋，頃見《攀古樓彝器款識》初印本，末附考釋三紙，因影寫合之。惟文勤跋言有後三行，而此僅前三行而止，豈後三行字跡模黏，略可辨識，無從鈎摹耶。予藏前三行拓本，取校此册，其一二兩行皆碻然可信，弟三行「孝」字以下予意尚當闕疑。甲子七月廿四日，更年記。

曹真斷碑初拓本 録徐星伯太守跋

此碑道光癸卯出土於西安南門外田間，上下俱殘闕，徐星伯太守松所爲跋最爲詳審，録之如右。碑中第八行「賊」字、第十一行「蜀」字出土時即已鑿損，未幾「賊」下「諸葛亮」

三字亦鑿去矣。此爲初出土時所拓，不多覯也。壬戌初夏，更年並記。

魏曹真碑

此石初爲劉燕庭所藏，後歸端匋齋，今不知何在。碑中「蜀賊諸葛亮」之「賊」字，「屠蜀賊」之「蜀」字，皆出土後爲人所鑿損，正義自在天壤，不可没也。嬰闇居士記。

天發神讖碑 道州何氏舊藏本

壬子在湘，購得蝯叟詩幅，淵源家學，視文安公具體而微，惟間有穉气，尾鈐「小槎」印章，蓋少作也。此跋較詩幅爲進，體亦略變，而不免於率，幾疑非叟書。憶《東洲草堂詩鈔》中《題朱季直印册》詩編年乙酉，越十三年戊戌又書册後云：「拙作乃爾穉率，欲拉碎之，轉念少年頑態，有上樹日千回之意，不忍割也。」是叟亦自云然。按叟生於嘉慶己未，道光乙酉年廿六，此乃二十八歲時所跋，戊戌則卅有九矣，書法大進，當在斯時，所謂學與年俱老也。今人習見叟中歲以後書，鮮有識其源流遷變者，故述所見，並疏其歲月如此。癸亥三月二十四日壬午，江都秦更年記於海上寓齋。

三段碑，殘石也，此又脱失大半，殘之殘者也。然而均之殘也，殘何傷乎。矧係佚石，得不圭璧寶之耶。

晉任城太守孫夫人碑 録金棨跋

戊寅重九，吴仲君以家藏舊本見眎，中有此跋拓本，因手録以備覽。此跋刻於本碑，抑别刊一石，不可知，而今所見墨本，則皆無是也。嬰闇居士識。

陳曼生爲江秬薌跋此碑云「泰山太守金素中作記，泐之碑陰」云云，閲之前疑頓釋。惟碑估皆置之不拓，何耶。十月初七日，病中記。

瘞鶴銘

江南石刻《校官碑》外，惟《鶴銘》爲最古，雖不得書者主名，要爲齊梁遺蹟，波瀾意度，迥異北碑。舊在焦麓，每歲天寒水落時，其石始露，傳拓無多，好事如都南濠亦訪之不獲，故明代藏家僅有十餘字或廿餘字而已，鮮有得其全者。康熙□□陳滄州移石入寺，乃大顯於世。山僧以此粥錢，氈蠟之施，昕夕不絶。往爲波濤齧缺，已成鈍鋒，而神韻尚在，自此以後，剥落日甚，遂如娟娟缺月，隱雲霧矣。道光間既加開洗，閲今百年，又一再重刓，已漸失其真面，故藏家彌以水前拓本爲貴矣。静安此册，乃水前本與後拓者配合而成，然後者亦道光未刓前所拓，以視鶴洲本之死氣滿紙略無神致者，固有仙凡之别。即六舟拓本，亦較此相去遠甚。余曾見羅雪堂藏楊大瓢水前本，及余自藏顔修來水前拓殘本，故見而能辨，知此拓之不數覯也。爰識其後，願静安其善寶之。

隋開皇紀功碑

此碑虛和圓静，實爲永興之先河，且無間架習氣，尤足寶貴。昔山谷於虞書《廟堂碑》有「千兩黄金那購得」之歎，惜其不見此也。

是本爲初出土所拓，「晉王」「晉」字、「一百」「一」字俱完好，未幾即泐，近更曼患矣。

癸亥十二年二月晦日，雨窗展觀漫記。

羅雪堂以舊本校初出土拓本，云弟八行「晉王」之「晉」字下半「日」字之旁微泐，舊拓則「日」字泐下半。九行「正月□日」，此本「日」字損上太半，舊本全泐。十二行「而御重輪」之「而」、「王威」之「王」，此本均完好，舊本已損剥。十三行「舊狄弥之武」，此本「狄」「弥」「武」三字完好，舊本已損。「武」下「執訊」二字，此本雖損可辨，舊本亦泐。又「□績著焉」之「焉」字，此本可辨，舊本全泐。十四行「山林之險」，此本「之」字尚存，舊本亦損。末行「彫畐」之「彫」、「誰不」之「不」，此本均完，舊本亦泐矣云云。與余此本皆合，惟「一百」「一」字雪堂失舉耳。至舊本較之新拓約多數十字，他日俟得新拓本，當再校之。丁卯七夕，石藥簃書。

隨首山栖巖道場舍利塔碑

此碑在山西永濟，周曌齋言在河南閿鄉，蓋沿孫氏《訪碑録》之誤。至拓後有風沙之苦，亦非此碑本事。

案碑文，舍利塔造於仁壽元年，而後文有「以仁壽四年歲在甲子發自鎬京」之語，則此碑最早當在仁壽四年，孫《録》作元年，吴氏《攈古録》云二年，且謂筠清有四年一碑在永濟，元年一碑在閿鄉，僅此一刻，誤而爲三，貽誤後學非淺。爰識數語正之，以諗來者。乙丑六月，嬰闇記。

陸星農系此碑於大業三年，以罷蒲州置河東郡在大業三年也。丁卯孟冬，又識于東軒。

碑高五尺六寸，寬二尺八寸，卅五行，行七十字。近人評此碑，謂如妙年得第，翩翩開朗，又謂運筆爽達，結體雍容茂密，而有疎朗之致，誠爲《醴泉》之先聲，上可學古，下可干禄，莫若是碑。

石質斑駮，細點墳起，打本如顆顆丹砂，又如大珠小珠落玉盤，雖精拓不能泯其迹，世謂之魚子碑。《語石》

碑文於仁壽四年，乃言「高祖降臨河曲，猒世登遐」，則此文必作於煬帝之世，星農置之大業，庶幾近之。戊寅六月，展觀因記。嬰闇居士。

馬鳴寺碑

《馬鳴寺碑》斷裂已久，有横斜二裂痕，約損廿許字。此舊拓未斷本，至可寶貴。舊藏山陰姜梅倩慶成報平安室。余曩在湘中曾得梅倩所藏漢齊隋碑八册，册尾各有題記，又有墨拓簽題云「休麓堂鑒藏金石文字」，不知爲刻石，抑係刻木，然亦可謂好事之尤矣。因觀吾友樂盦此本，牽連記之。

刁惠公志

近人羅雪堂於《刁惠公志》校勘精詳，且爲刁氏譜世系，其用力可謂勤矣。據其所稱，有雍字本、又損本、正始本、好字本、彝字本、又損本，凡六等。余覈之此本，較初拓缺廿七字，與正始本同，但又泐去二「正」字，然則又須增入一等矣。雪堂見聞誠廣，究亦不能徧覽無遺也。書法楙美，無北朝氈裘氣，足與南派通其脈絡，故臨池家莫不好焉。余往年曾得一初拓殘本，劉王言跋直同手書，並有劉氏印記，惜僅存太半。嗣又得吴唐林舊藏好字本，皆爲友人張丹斧、劉樂盦先後乞取以去，今篋中惟存南皮張氏搨本，聊以充數而已。静安仁兄去年無意購得此本，旋又得雍字初損整幅未剪本，石墨之緣，可爲歆羨。然得借觀兩旬，不時展對，亦奚啻爲吾有耶。己卯二月朔日，嬰闇居士秦曼卿書於海上寓居之颸段樓。

蘇孝慈墓誌銘

右《蘇孝慈墓誌銘》，無撰書人姓名，文凡若干行，行若干字，所叙仕履與《隋書》合，而互有增省，惟在後魏爲右侍中士及卒謚曰安，本傳失載。又不言其名慈，豈入隋後以字行，史故略其名耶。其出刺浙州也，史稱將廢太子，憚其在東宫，而誌云「承明倦謁」，則當時立言之體宜爾，所謂爲尊者諱也。書法整秀，已開率更法門，《化度》一碑，直從此出，險勁雖過之，而無此自然，誠隋碑中無上妙品。中間「樂邑」二字與通體不類，是必書時不知里名，歸葬之日乃補鎸之，故非出一手。惟自來金石家於此碑皆未著録，殆新出土者。核之碑文，其石似在陜西，記以俟考。

姜行本頌

此石在哈密闊石圖嶺，康熙間始顯於世，或謂爲《侯君集碑》，非是，君集當别有碑在。此乃頌姜行本從君集征高昌，造攻械，損益舊法，械益精事。吾國古代兵家者流多不言器械，蓋此須因時制宜，彼有我亦能有，兵之勝敗，繫此而不盡繫此也，然行本在當時固一精巧之士矣。碑左側有字兩行，「薩孤吴仁」等名尚可辨，昔錢竹汀即未之見，此本亦失拓，乃碑工之疏也。其地有漢唐兩碑，漢爲《裴岑紀功》，余家有之，此碑久求不獲，今尤君逸農以藏本見眎，補所未見，爲生平彌一缺憾。因識其後，以誌眼福。辛巳四月浴佛日，嬰盦記。

六朝造像

此册凡北齊造象十一種，己未秋間得於長沙肆中，永明周疁齋編修鑾詒家散出者。

同時所得，尚有龍門造象百餘種，爲馬硯珊舊物，趙撝叔《補寰宇訪碑録》時嘗據以增益廿一種，並校正孫《録》數種，前有小楷題識。今年春付之常賣家矣，展閱棖觸，爲之憮然。壬戌八月，嬰闇記於海上寓舍。

隋造象記

右殘造象，吾鄉汪硯山藏本，意《十二硯齋金石經眼録》必已著録，案頭惜無其書，不獲檢校。又有吴攘翁小印，蓋從汪借觀者。鄉老手澤所寄，彌可寶已。嬰闇。

同時所得，尚有張叔未所藏永嘉專搨三紙，又景德三年杭州△山張文昌題名一紙，並有收藏印記，牽連書之。

張文昌題名在杭州烟霞洞象鼻峰。

爲吴仲坰題北齊石奮門銘

《北齊石奮門銘》，自武虚谷搜得，始傳於世。奮，車蓬門也，蓋其門形似奮耳。此爲阮文達公舊藏，簽題尚係文達手書，後附覃溪詩跋拓本二紙，似刻於裝册前後夾板者。昔賢好事，其所留示後人者，無往不見，其精神流衍，若與之接。然當時物力之厚、木工刻手之精能，決非今日所能幾及，即欲好事，亦不可得，況學問文章，又去昔賢遠甚耶。仲坰仁兄以家藏舊本見示，意有所感，書此歸之。弟更年。

題北周比丘尼曇樂造象

此石辛亥後已自選樓散出，尚有武梁祠畫馬一石，後歸丹徒李氏。繆藝風撰《江蘇金石志》，惜其未能知此，爰漫記之，以明金石源流，並爲考古家資談助云。更年。

俊皇堂郡曹侯

此石與北齊承光元年張思文造象同爲諸城李方赤所藏，後歸同邑王念庭。近傳兩石已佚，帖肆所見拓本皆出摹刻，其果佚耶。齊造象原搨本，余未之見，俟訪購合之。此本己未春得於長沙。癸亥二月，上海裝潢記。

孟阿妃造象

此石近年出土，藏丹徒吴氏。孟阿妃之名，龍門造象中亦有之，不知爲一人，抑同名也。更年記。

北齊王神通造象

此刻書法瘦勁，骨韻俱清，與天統三年紀僧諮造象堪以媲美。文云「造玉象五堪」，以「堪」爲「龕」，猶漢《校官碑》之以「龕」爲「戡」，三字古蓋通用。「咸同斯福」之「咸」作「減」，殆書者錯著水耳。「玉象」云云，北齊石中屢見，武平六年圓照云「峨峨玉象」，天保八年朱靈振云「造玉石象」，蓋當時語如是，非必果爲玉也。此舊拓本，向爲陳仲恕所藏，今歸仲坰滄霞閣。乙酉仲春，獲觀因記。

北齊造像訟

右北齊天統三年造丈八大像訟，始著録於《中州金石記》，具載全文，核之此本，此有而彼無者，如「隨遂根著」之「著」，「寶殿蓮基」之「寶」，「僧房嚴餝」之「房」，「據□鄭州」之「鄭」，「德達仁侔」之「侔」，「以法爲永」之「永」，凡七字，而「州」又誤「川」，其他尚多誤釋。王氏《金石萃編》闕字尤多，除以上所舉外，如弟一行「衆相理融是非」六字，「遂能」下「使」字，「師僧□」下「母」字，「造福」下「業」上二字，「欽敬」下三字，并皆闕泐。碑陰「法貴後惠建」下此有「都德妻張阿雪」一行，又「邑子朱阿興」下有朱伏保等六人，又「唯郍朱□」下有緱和等四十四人，王氏並失録。畢氏未載碑陰，不知彼所據本視王何如。然即兹所校畢、王兩本，皆遜遠甚。册首有「吴郡陸紹曾考藏書畫印」，紹曾字白齋，乾隆時人，酷嗜金石，精於鑑賞，此本經其收藏，自是當時舊搨，今又百數十年，彌可寶已。白齋著有《續古刻叢鈔》二册，此種或在録中，其書舊藏凌子與家，尚係稿本，今不可踪跡矣。牽連記之。乙丑夏六月廿二日，病起書於上海寓居之睡足行軒。

陸莘農《八瓊室》著録此碑，於《萃編》多所補正，顧其所據之本亦拓在此後，缺失尚多。題作「朱道威造像」，按之此本，當作「道感」，并識以正之。

故李功曹墓銘

此志余在湘中時曾見周嬰齋舊藏一本，尚有兩側，當時略未措意，近聞此石嵌入墻壁，其側已不可搨矣。書法與朱君山誌銘同一法乳。丙寅季冬，展觀記。

白佛山山洞造象題名

趙撝叔《補寰宇訪碑録》列入隋代，題作「順昌令李處落造象」，「順」乃「須」之誤，「落」乃「若」之誤也。洞中東西兩壁題名至多，趙題似亦未合。册首脱失一葉半，凡九行，俟購補。癸亥二月，上海重整並記。嬰闇居士。

皇甫碑

《皇甫碑》爲信本晚年書，予最好之，向有一册，與此紙墨相等，似係萬曆間初斷時所拓，已爲友人索去，覩此爲之憮然。册尾「采麓堂姜氏」一印，乃山陰姜梅倩慶成印識，道咸間人，藏碑版甚富，予嘗購得十數種，每册後皆綴以題記，鮮有知其人者，輒附著之，亦藏弆源流所關也。

舊拓唐雲麾將軍李思訓碑

此李北海《雲麾將軍李思訓碑》，行書卅行，行七十字，自卅二字以下曼患不可識，故多不拓。余見珂羅板印北宋本，每行多一字或二字，則自宋時已然矣。此爲國初時綿紙精拓本，第九行「蓋小小者」之上二「小」字及第十二行「宰臣不聞」之「不」字均未損，可證也。余求此碑十餘年，僅乃得此，然亦二百餘年前舊物，可不寶諸。嬰闇。

唐閻好問墓誌銘

右《唐閻好問墓誌銘》，始藏常山李氏，疑即常山出土，後歸劉寬夫位坦。此本有「劉位坦印」「天侃宧小品金石文字」二印，蓋寬夫搨贈馬硯珊者。原石今不知存佚，陸星農《八瓊室金石補正》著録之。陸書頃歲始有刊本，余取校此本一過，有誤有脱。如第七行「燕師」誤作「藥師」，第十一行「詔授宿州司馬」脱「授」「州」二字，跋尾中謂藥師疑係張仲武之字，此石「燕」字極明晰，不知何以致譌。案後文有「府師僕射」語，「藥師」「府師」正同一例，或仲武曾封燕國公耶，記以俟考。星農於此志考證甚詳，跋尾幾及千言，載《金石補正》七十七，兹不贅。丁卯九月十三日，嬰闇記。

唐龐德威墓誌銘

石出咸寧，久已斷裂，此初搨未斷本，不數覯也。文章爾雅，書法整秀，唐志之清品。

戊辰三月，嬰闇裝藏並記。

周鞏賓墓誌銘

介休馬硯珊封翁書奎藏金石至富，永明周季譻編修鑾詒光緒初元官京師時購得不少。余壬子入湘，值編修藏書散出，余收取多種，其金石墨本大都歸余，累經遷徙，已多紛失。此《鞏賓誌銘》爲初出土時精拓，至不易得，慮其久而湮没也，付工裝治成册，並著其藏弆源流如此。壬申二月，更年記。

華嶽廟唐人題名

唐人題名以慈恩雁塔爲最盛，宋宣和中柳伯和嘗摹搨其文，刻爲十卷，今已久佚。華嶽題名，實爲雁塔之亞，其人亦有互見者。昔王伯厚言自開元迄清泰凡五百餘人，近代畢秋帆、王蘭泉、孫淵如、陸星農諸家所著録共得七十餘段，都三百餘人，視伯厚所見已有不逮，然中多巨人長德，即書亦備具篆隸真行諸體，不可謂非一偉觀也。顧世之好古之士，往往貴耳賤目，苟得柳刻殘卷，必將矜爲秘笈、保若球圖，而於當時原刻去書在紙上僅下一等者，轉不之重，此則理所未喻者也。余獲此册十數年於兹矣，比讀傅藏園《華嶽游記》，謂廟經重修，石刻已多毀滅，余因憶及此册，從亂書堆中檢得之，校以畢、王諸家書，約得其十六，間有譌互顛倒，輒以硃書識之。所惜鄭虔、顔真卿、裴潾、司空圖、楊凝式諸題名夙爲世所稱述，以爲烜赫名迹者，此獨無之，彌令人跂慕不置。頗思廣事搜集，俾覩其全，進而於寓内唐宋以來諸題名悉購致之，羅列几案間，藉以尚友古人，流連辭翰，某山某水，嘉辰勝日，如及其時，相與登陟嬉游，盡攬其風物之美，雖今兹願猶未遂，而言之已不啻相遇於眉睫間矣。甲戌春二月乙酉朔初五日己丑，嬰闇居士。

夫人程氏塔銘

此銘始著録於《關中金石記》，自後諸家亦多載之，或曰顯慶四年，或曰文明元年。案文以顯慶四年終，□朔元年遷葬，「朔」上所缺當是「龍」字，蓋卒之後二年改元龍朔，塔銘之立，必在此時，是則書顯慶者誤，書文明者直不知所據矣。原石久逸，墨本至稀。相傳都中有重刻木，吴平齋嘗從張叔未藏本雙鈎刻木，其寶貴即此可知。是册爲長洲陳墫葦汀西畇草堂故物，葦汀工山水，嗜古書，黄蕘翁書跋中累稱之，蓋其同時人也。流傳所自，因并及之。太歲在癸亥十二年十二月十二日乙未，嬰闇居士書於滬上寓廬。

册尾有「蕃鍾之印」白文印一，蓋最初藏弆者。按蕃鍾姓林氏，字煜奇，號蠡槎，元和人，乾隆戊子舉人，嘗與吴枚菴同撰《國朝詞選》，其稿本今藏吾齋。甲子元旦又記，是日立春。

乙丑六月，卧病寓樓，偶閲黄蕘翁覆宋刻龐安常《傷寒總病論》，蕘翁跋云係以施少谷手摹本付刊，卷末有「施城之印」白文、「少谷」朱文二印記，與此本末葉兩印正相似，蓋即其人也。少谷嘗在顧抱沖家，教其子弟學書，是亦精於八法者。蕘翁藏書最留心收藏源流，今猶此志也。廿六日燈下書，病腕孱弱，不復成字。

黄小松《小蓬萊閣金石目》於此刻注云「龍朔元年」，予説爲不孤矣。

孔穎達碑

此《孔穎達碑》，于志寧撰文，書人姓名已剥蝕不存。此本乾隆、嘉慶間所搨，每行多十數字，存字有極清晰者。

黄庭堅七佛偈

楊大瓢云，山谷專學《鶴銘》，雖不及張嘉貞《北嶽碑》，然如《七佛偈》等，幾如孔子之有若矣。又謂《七佛偈》實得六朝人筆意。翁覃溪云《七佛偈》爲涪翁書第一。葉鞠常言未覩廬山真面，觀董文敏摹本已爲之神往。諸家於此，可謂傾倒極矣。甲戌五月，嬰闇居士。

王蘭泉、陸星農於此刻皆未著録，羅叔言出家藏一本問售，號爲孤本，索值千金，而不知原石在江西星子，固完好無恙，第無人拓之耳。

字徑四五寸，與《鶴銘》同，刻於巖石亦同。涪翁曾有「大字無過《瘞鶴銘》」語，似致力於《鶴銘》甚深，故意態精神，波瀾莫莫。戊寅六月。

余近得涪翁彭水題名十九字，大小與此相若，書於紹聖間，後于此刻三四年，不若此之經意，而體勢彌復渾成，實視此爲勝，惜大瓢、覃溪輩不之見也。嬰闇居士記。

宋僧宗鑑譔《釋門正統》，力攻慧炬《寶林傳》，謂寶林説詭，與僧傳不同，其最虚誕無稽而流俗至今猶以爲然者，七佛説偈、世尊拈花是也。又言名公鉅卿如楊内翰、黄侍讀皆爲所愚，一則傳燈作序，一則廬阜書石云云。是乃天台宗與禪宗之争，意在闡揚山家宗派，其是非得失，可以勿論。廬阜書石即指此刻，似在彼時，拓本流布，已徧諸方，顧不聞有宋拓傳世。今其石仍在匡山，完好如故，殆佛力所呵護耶。辛卯冬十月，嬰闇居士更年又記。

黄涪翁黔州題名

此黄涪翁黔州題名十九字，未見著録。近人陸莘農始載之於《八瓊室金石補正》，謂石出彭水土中，彭水有山谷祠，石即於祠側掘得，蓋黔州安置時所題也。楊任《宋史》無傳，題名無年月，蓋在元祐間。按山谷在元祐朝官秘書省兼史局，紹聖元年甲戌出知宣州，改鄂州，明年謫涪州別駕，黔州安置，又三年元符改元遷戎州，則此刻當在紹聖乙亥至丁丑二三年中，莘農謂在元祐間，殆未之詳考耳。乙亥一月，嬰闇居士秦更年題記。

楊明叔累見《山谷集》，似是眉人，從山谷問學頗有成。山谷稱其言行有法，當官又敏於事而恤民，故期以遠大，於此可想見其爲人。任子修無考。

舊拓石淙題名

右光祖篆書，趙士宏楷書題名，張仲武隸書詩，唐瞉行書題名，皆刻於石淙詩後者。余觀黄小松《小蓬萊閣金石目》，有至和二年范純仁、熙寧庚戌張瑲等題名，宣和甲辰王績詩，此册皆無之，而此册所有彼目亦不載。小松就所見著録，余亦就所得弆藏之，多寡蓋不足計，況爲百數十年前舊拓耶。戊寅十月，嬰闇居士記於海上寓舍之東軒。

近人葉鞠常蓄題名墨本至富，後歸劉聚卿小忽雷閣。聚卿既没，其子公魯流寓吴門，昨歲遭日寇之亂，公魯以驚悸致死，所藏存佚不可知，即存亦將無可踪跡，念之愴然。戊寅冬十月上旬，嬰闇居士再記。

舊拓石淙詩序

盧紹弓《抱經堂集·夏日游石淙詩石刻跋》云：「朱竹垞於康熙己卯跋此，謂漫漶者僅三字，惟張易之、昌宗姓名爲人擊去，然猶可辨識。今年乾隆癸卯，余得搨本，漫漶已多，除二張姓名外，其全損者計四十有五字。相去僅八十有五年，便已如此。」余取此本核之，全缺者凡二十字，傳搨實在抱經藏本前，以視竹垞老人本則不逮矣。然今去抱經作跋之歲又百五十又五年，即此亦豈易得哉。舊爲王夔石相國所藏，夔石即世，距今不卅年，此區區者已不能保，富貴利達，其足恃乎。余之蓄此，亦第取快於一時耳。元裝分二册，附題名一册，亦舊拓。戊寅十月，嬰闇居士題記。

宋孝宗御書與二吾手札合裝

往歲吴門估人以劉彦清舊藏漢晉碑數十種歸余，中間雜此數紙，似出木刻，殆鎸諸書扉几格間者，搨墨極精雅可喜，因付工粗裝作册，庶不致遽付之飄風劫火耳。戊寅十月之望，嬰闇居士記於海上寓廬。

宋孝宗書不知何本，二吾致孫太初手札殆從真迹摹勒，清代石刻明人尺牘中所未見也。

宋仲温七姬志

宋仲温書《七姬志》，深得晉人遺韵，爲有明一代烜赫名迹，黄小松輩極稱之。繙本不一而足，此刻不辨爲何本，缺文以珂羅版本補完，篆蓋五字亦珂羅版本也。爲案頭聊備一種，不得謂篋有是帖也。壬午中秋後十日，嬰闇居士題記。

志文有錯互顛到處，表工之愚，不足責也，俟異日更校正。鐙下又書。

唐景龍觀鐘銘

右唐《景龍觀鐘銘》，睿宗所手製也。書雜篆籀，筆勢端凝，具有北朝遺意，以視太宗、高宗之取徑山陰、專意行草者，迥不侔矣。鐘在西安城樓，今猶完好。戊寅六月，嬰闇居士記於東軒。

唐搨武梁祠畫象

唐搨武梁祠畫象十四幅，黄秋庵於乾隆辛亥摹刻於木，宋之山亦嘗刻之，戚鶴泉有跋，載在《文鈔》中。余求此書逾十年，僅於王培孫處見一本，它藏家無有也。去年夏間，白門帖估袁氏以遺書問售，中有此册，破爛已甚，因其艱覯，遂亦收之，付工裝池成册。其中闕處，亦不復繕補，以有《小蓬萊閣金石文字》可證，抑所以重其故也。戊辰三月望日病起，晴窗展觀，因記。嬰闇居士。

車枕洛造像

右西魏大統元年車枕洛造四面佛像，石出秦中，歸劉燕庭嘉蔭簃，今已佚，墨本彌足貴矣。此本爲翁叔均、徐積餘所遞藏，叔均乃道咸間吴中印人，盡齋嘗稱其刻印無誤字。積餘殁已十餘年，所藏金石書籍甚富，轉眼俄空，聚散不常如是。壬辰二月，仲坰出示此拓屬題，漫識數語於後。嬰闇居士更年。

鐵雲藏龜四册 原片拓本

鐵雲此書曾付石印行世，此其底本也。蓋以原拓墨本用石印匡格裱作書式，以照相上石者。都凡二百七十二葉，今僅存十之四耳。然當時所拓止此一本，以甲骨脆薄易碎，不勝氈蠟也。甲骨之出，鐵雲首得之，書亦最先出，無一僞刻，最爲可信。今人於羅雪堂

《殷虛書契前編》珂羅版本出二三百金求一本不可得，以視墨拓真本，相去爲何如耶，可不寶諸。丙子十月，嬰闇居士記於古柏僦舍。

簠齋藏古封泥二册原拓本

封泥前所未見，道光初始出於蜀中，劉燕庭首著録之，凡三十事，附刻《長安獲古編》後。少後齊魯間續有發見，多歸吴子苾、陳簠齋二家。簠齋於道咸之交編《印集》十二册，即以封泥爲殿，旋又與子苾合兩家所藏撰《封泥考略》十卷。近歲羅叔言又取諸家拓本及晚出封泥，輯《齊魯封泥集存》一册。余觀諸家之書，《考略》所收較富，考訂亦至精，印本之佳，則無過羅氏，而要以簠齋原拓墨本最可愛玩。余往客長沙，購得《簠齋印集》，今又獲此於海上，凡二百五十二事，皆簠齋一家所藏，就《考略》核之，約得其所藏之半，然亦有數種出《考略》外者，如「衛洨長」「齊司宫丞」「齊鐵官丞」「臨菑丞印」中有格闌「昌鄉」半通印「太史不梁」「家」此印僅一字象形等印文，竝《考略》所無，足以益所未備，是亦重可寶矣。方封泥之出也，仁和龔氏得數枚，以爲印範，戴文節以抑埴稱之，迨後所出既多，其用大明，人皆知爲泥封，簠齋乃據《抱朴子》《續漢書·百官志》注之文，目曰「封泥」，而其名始定，此亦諏古者所當知也，輒並著之。時戊辰三月下浣，新病乍起，命工裝册既成，坐石藥簃北窗展觀題記。

簠齋笵拓

簠齋藏古之富，近代第一人也，自三代至六朝，凡古器物之有文字者，莫不廣事搜羅，多多益善。四十以後，即督工摸拓，歷時卅餘年，紙墨精妙，爲前所未有，而今亦無能及之者。藏則貪多，拓則愛好，以故斷縑零楮，悉爲世所貴重，豈偶然者。藏笵之室，初名「三百笵齋」，繼署「千化范室」，銅鐵石專，昜識陰款，咸具有之，洵一大觀。此册雖非簠齋藏笵之全，然已觸手琳琅，目不給賞。余夙好簠齋墨本，頻年訪購，稍有所得，若笵拓則迄未一遇，今見静安此册，因從假觀，留案頭旬日，漫識數語歸之。戊寅正月落燈日，嬰闇居士秦曼卿跋於東軒。

簠齋古匋拓本二册

光緒初元，臨菑出匋，簠齋聞之，亟往收購。時值大旱，饑民争相拾取，簠齋一家所收遂至盈萬，第皆殘凷也，然其間亦時有完器，簠齋嘗拓其全形爲挂屏，都六十六幅，洵鉅觀哉。此册皆就完器摹拓，故止五十餘紙，册首有伯寅小印，乃簠齋拓贈潘文勤者。時方子聽撰《綴遺齋彝器款識》，著録匋文亦只限於完器，殆即得之文勤者耶。匋文與古鉩極相似，猶漢印之於封泥，皆二千年來人所不經見者，吾儕眼福，信不淺矣。戊寅五月廿九日，嬰闇居士坐石藥晴窗題記。

册末「右里盌」「巨公俟」二墨本，乃余近所購得者，以其匋也，故坿入之，所謂以類相從也。六月三日，石藥簃又記，是日復雨。

弘　璧

右璧爲璧中之最大者，徑周尺十有二寸，即《書·顧命》所謂弘璧也，在天子爲禮天之瑞玉，在諸侯則爲享天子所用，要皆爲三代物也。制作色澤，並渾古可喜，今世流傳已罕，得者寶之。甲申三月，嬰闇居士記。

秦權

秦權自北齊顔黄門著録後，代有發見。近世陳簠齋得一於蘭山，爲百二十斤之石。窸齋得一於秦中。重四十二斤，窸齋賦四十二韻詩以記之。匋齋所藏最富，凡得七事，有僅始皇詔者，有始皇與二世悉具者，或鐫諸銅版，坿著於權，或鐫於權之四周，皆篆書也。惟匋齋有一大醜權爲八觚狀，蓋秦時權制有圜權、觚權二種，觚權取法於駔琮，鄭君所謂「琮八方象地」也。今世流傳，圜多觚少。此拓亦八觚，兩詔具備，足與匋齋一權相敵，特不知原器猶存否耳。

秦瓦量殘字

秦代金石，《泰山》《瑯琊》而外，往時所見僅有稱權刻辭，然不皆工妙，或出工人之手。

瓦量晚出，文字最精，殆爲相斯真迹。昔人得《蘭亭》片楮、《官帖》數行，輒相矜異，不知視此爲何如耶。

秋盦工篆書，尤嗜此刻，既得𥁕齋舊拓善本，裝册見示，因識數語還之。

跋秦始皇詔瓦量殘字三十二種

小篆創自嬴秦，斯相實爲初祖，其至今存者，石則瑯琊臺二世詔、泰山玉女池十字。若《繹山》《會稽》諸刻，皆後人傳摹，僅存膚廓而已。金則權量詔版，《𥁕齋藏古目》所載凡十有三事，匋齋諸家亦尚有之，間有鑿款，出匠者之手，未得其真。自𥁕齋搜獲瓦量，秦金石文字復有所增益，其文以四字爲一印，印泥成文，𥁕齋直目爲李斯墨跡，雖皆殘𠙵，然錯互讀之，始皇廿六年詔四十字，猶覩其全。今人得《蘭亭》一卷、《官帖》數翻，輒珍若拱璧，以視此刻，其相去爲何如耶。余嘗欲師𥁕齋集秦斯大觀之意，薈粹諸刻，合爲一編。石刻曩已購藏，權量詔版，才得四五紙，好之雖篤，而搜訪不勤，因循坐誤，莫償所願。兹先以瓦量裝治成册，以爲案頭雅玩，據《𥁕齋藏古目》著録，凡二十有七，碑估相傳最後完本都三十三，此亦完本而失其一，然其字則已見之册中，得失固無關也。壬申三月丁未朔三日己酉，嬰闇居士識。

茈虒枍詣瓦

右茈虒枍詣瓦，邊文云「建元五年春四月造明光宫殿」，凡十二字，諸家均未著録。案，《三輔黄圖》云：「建章宫有駘蕩、馺娑、枍詣、天梁、奇寶、鼓簧等宫，又有玉堂、神明堂、疏圃、鳴鑾、奇華、銅柱、函德二十六殿。」又云：「枍詣，木名。宫中美木茂盛也。」據此則枍詣乃屬於建章之宫也。茈虒於《黄圖》無可考，惟「桂宫」條下有「紫房複道通未央宫之宫殿」之語，推之枍詣爲宫，則茈虒當爲殿，《黄圖》所謂二十六殿，未徧舉其名，或即在其所遺之中。且茈虒與駘蕩、馺娑諸名甚相類，至邊文紀年，似有未合。余考《漢書·武帝紀》云「太初元年二月起建章宫」，又曰「四年秋起明光宫」，而此瓦云建元五年，豈建元間即已預爲庀材耶，不可知矣。至「四月」上冠之以「春」，殆猶紀日冠朔例耳。

茈虒之名，無所考見，就瓦文言之，當在枍詣、明光之間。《黄圖》引《關輔記》云：「桂宫在未央北，中有明光殿，從宫中西上城，至建章神明臺蓬萊山。」又曰：「桂宫有紫房複道通未央宫。」余即此考之，知「紫房」乃「茈虒」之誤也。蓋紫房與複道並舉，其構造必甚曲折，司馬相如《上林賦》「偨池茈虒」，注「不齊也」，以茈虒之不齊皃以狀曲折，正與駘蕩狀春時景物駘蕩滿宫中，馺娑狀其宫之大，命意相類。且「茈」「紫」同音，「茈虒」與「紫房」形復相近，易致舛訛，是《黄圖》之誤「茈虒」爲「紫房」，可斷言矣。況茈虒、明光同屬桂宫，尤足證吾説之非妄。昔畢秋帆校刊《三輔黄圖》用力甚勤，惜其不見是瓦，併此訂正之耳。即此片瓦之遺，有補故書雅記如此，古物流傳，信足寶也。

爲吴仲坰題漢書言府左滳二弩鐖拓本

書言府

嘉道間海内收藏彝器之富，以燕亭劉氏稱最，其裝潢尤極精好。如此器以黄楊爲櫝，面刻釋文，兩側刻題名印記，見者轉因外櫝益加珍惜。前十數年出於吾揚市上，亡友包夢華購得之，今歸吴秋穀。兩君並精鑒之士，不得不爲此物慶所遭矣。宋薛尚功及近代阮文達兩家書中皆載有「書言府」弩鐖，皆與此文異，檢燕亭所著《清愛堂鐘鼎欵識》《長安獲古編》兩書，均無此器，似前者僅限於三代器，後者非完書，致使此器不見著録，顯晦殆有時耶。乙亥九月，秋穀拓贈仲坰仁兄，爰爲題識，以志歲月。更年。

左澂

燕庭藏弩鐖凡二，一書言府，一左澂，並載《長安獲古編》。廿年前「書言府」出於揚州市上，爲吴秋穀所得，日人入寇，秋穀埋置土中，攜家至滬，未幾病没，其器遂不可踪跡，今惟存一黄楊匣於其家耳。此器亦出揚市，歸之蔣柏梁，器匣完具，仲坰索得此拓，攜以見示，竊歎柏梁古緣非淺，抑又念「書言府」之湮没爲可惜也。己丑仲冬，嬰闇居士秦更年。

晉元康磚

鈕葦村《百陶慶甓文集録》載有此磚，文字略同，唯「晉」字、「康」字、「月」字、「山」字下各有一横畫，則其異也。後附嘉慶戊寅徐球跋曰：「《晉書》《通鑑》元康七年秋七月雍秦二州大旱，丁丑京陵元公王渾薨，九月以王戎爲司徒。丁丑似屬七月，而磚文屬八月，兩月中不應有兩丁丑，史之訛與，抑磚之譌歟。或史於『丁丑』上本有『八月』二字，傳寫脱之歟」云云。叔未銘詞前四句蓋指此。球字尹輔，德清人。甲子秋八月，更年記。

石梅錫壺録序

嘉道間陳曼生宰溧陽，得良工楊彭年爲製宜興砂壺，時郭頻伽、倪（姓恐誤）小迂輩皆在縣齋，書畫銘識，迥異恒流，不脛而走，天下號曰「曼壺」。又有山陰朱石梅以精製錫壺游士大夫間，會陳雲伯知吾邑縣事，而石梅爲之客。揚爲南北孔道，達官貴仕，日有往來，凡所饋遺，往時以酒食者，至是皆易以石梅所製盃斝。或勸雲伯署以己名，以與曼壺相敵，雲伯乃不欲掠人之美，仍以其名歸之石梅，其所爲《畫林新詠》中詳述之。夫君子之用心，豈有它哉，亦曰仁而已矣。以彼一心之所得，較之一壺之名，其相去不已多乎。曼壺至今日有懸千金求一事不可得者，而石梅錫壺亦漸爲人所重視。吴君寒匏博雅好古，於石壺尤有偏嗜，遇即購之，偶見於朋好間，輒記其銘識形製，久之成書一卷，名曰《石梅錫壺録》，索序於予。予意此書出，石梅之名將益顯，而其所製壺將益爲世所珍貴。石梅何幸，得此異世子雲，其所用心，亦何滅雲伯，吾固樂得而序之。嬰闇居士更年書。

揚州城磚拓本

吾郡拆城，發見磚之有字者數十種，此其一也。耿鑑庭得之，拓寄仲坰，以姓同也。案磚文當係守鎮江者爲吴姓，造磚以助揚州築城，非鎮之吴氏也。仲坰以爲然否。癸巳夏五月，嬰闇居士記于海上颸段樓。

爲吴仲坰題隋當陽鐵鑊

右湖北當陽玉泉山隋鐵鑊字，嘉慶丁丑阮文達公制楚時訪得，凡四十四字。至同治乙丑，公孫恩光官當陽令，覓善手精拓，其後多出「伯達譚佁生」五字，公子福爲之刊木以傳。此本乃文達初見時所拓，簽題亦其手書，至可寶貴，仲坰其善藏之。戊辰冬月，更年記。

張氏清儀閣舊藏晉永嘉磚宋人題名墨本合册

右順德温汝遂遂之致張叔未札，載在《清儀閣所藏古器物文》。此甎拓原十一種，全五斷六，今缺去永嘉六年壬申宜子殘磚一種。張氏藏物多歸鮑少筠，鮑又歸王蘭生，余則從王氏後人購得者。王氏於金石墨本皆裁截裝册，如此磚凡一行者皆斷作二行，致失本來面目，余不見《清儀閣古器物文》册亦不能辨别也。乙丑夏五月望日戊寅，海上寓舍記。

此册晉磚十，宋題名一，皆張叔未清儀閣故物，因置一帙，不類之類也。甲戌二月，仿宋本書胡蝶裝式改裝，因記。

右杭州烟霞洞象鼻峰張文昌題名，張叔未清儀閣藏本。乙丑閏月，從王蘭生後人購得之。憶前歲游杭，夜宿烟霞洞，晨起冒雨徧觀石壁題名，大都皆近人惡札，如此種余即未見，或已爲後人磨刻，未可知也。異日倘續舊游，當更訪之。是月廿四日，上海睡足行軒剪燭書。

看篆樓鑒藏古銅印譜

往歲客湘中，得周罍齋舊藏印譜數十種，稀見如《程荔江印譜》，精妙如《畫齋印集》皆有之，而罍齋手跋乃以不見《看篆樓印譜》爲憾。看篆樓者，南海潘氏藏印處也，程易疇嘗爲潘譜作序，中有一印曰「王氏之鉩」，程氏釋「鉩」爲「璽」，於是世人始識此字，且知印以前有鉩，其序極爲當時學人所稱，故譜之名亦甚著。光緒乙酉，罍齋典試粵東，購獲潘氏藏印數百鈕，獨求此譜不得。予年時徵詢同好諸人，亦無藏者。今日薄暮，偶過書肆，乃無意得之，頓慰多年積想。前無程序，殆初本也，暇日當檢《通藝録》迻寫補之，先識數語以志快。癸亥六月六日，滬上厲廬燒燭書。

百漢碑研圖初搨本

王惜庵所刊子若《摹刻硯史手牘》，其中累及《百漢碑硯》，曰：「曩與萬廉翁暇日鑒古，因不滿於褚千峰、牛空山《金石圖》之作，乃有縮漢碑之刻，孰知自始迄終，人事牽制，不能曲折如意，艸艸卒業，瑜不掩瑕，以視《金石圖》，如以五十步笑百步，難服牛褚，愧對後來。」又曰：「前此縮摹漢碑，未能如意，今得藉《硯史》之刻，以掩縮漢之瑕」云云。一再言之，當非無故。予諦審册中題署，殆有微意存焉。其曰「子若縮摹肖刻」「子若摹刻」者，取原碑拓本勘之，大都神貌逼真。其曰「子若刻」或無署款者，則瑕瑜互見，似縮臨上石，非盡出子若之手。又所摹佚碑，或據鈎本，或據覆刻，形模僅存，聊以充數。子若愛好，或不謂然。他如碑文剥蝕，疑似滋多，考訂從違，詎能無異，所謂人事牽制，即此可想而知。且其手眼高，心力專，默契冥追，若與古會，希抗跡於千載，輒不足於寸心，訟言自短，彌徵謙抑。綜核全刻，略無遺憾者，固已十得五六，即不盡愜心之作，亦非俗工所能，世傳石刻縮本，終當推此爲第一。吾恐讀子若手牘者不得其意，故詳著之，以諗來者。癸亥歲六月廿五日，上海寓廬燒燭書。江都秦更年曼青父。

長夏樓居，酷暑無可逭，取《手牘》閲之，略得其生平，因次爲小傳如左。若其繪事之精，詳見《墨林今話》，不復贅。嬰闇記。

王應綬，字子若，後更名曰申，太倉人，麓臺司農玄孫也。生十四歲而孤，終鮮兄弟，攻苦力學，補博士弟子員。善畫山水，一秉家學。兼精靈素及金石篆刻，挾其技游四方，負米養母。嘗客閩南及袁浦，時承平日久，物力豐富，士大夫矜尚風雅，所至倒屣，極負時名。南昌萬承紀廉山相與論古，不滿於褚千峰之《金石圖》，乃屬君縮摹漢碑研百枚，始事於道光三年，歷七年而畢。至是因母老，不復客游，僑寓吴門，鬻畫自給。越十年，宿遷王相惜庵擬刻高南阜《硯史》，歷試江浙諸名手，無當意者，因見萬氏《百漢碑硯》，知出君手，乃展轉與之締交，舉《硯史》屬之。君感惠徇知，專精致力，數與惜庵書，商榷體制，研究彌精，頗不慊於漢碑硯之牽制於人，不能曲折如意，思藉《硯史》之刻，以盡其能事。會遭母憂，又殤其幼子，遂患咯血症，《硯史》僅成五十石，功未及半而没，蓋道光二十一年四月十五日也。君生乾隆五十三年，年五十有四。先有一子，將冠而夭，遂無後。論曰：天地間物之精者，誠未易覯也。雖一藝亦然，有能之者，必生於其時，又必兼得於人與天。子若之縮刻《百漢碑硯》也，時承平矣，年又壯盛，宜可以極其精能矣，而主者不能徇其意。及摹刻《硯史》，可以行其意矣，而天奪其年，終於無成。我固曰天地間物之精者，誠未易覯也。雖然，即《百漢碑硯》，又豈易得哉。於是子若亦不朽矣。

懷米山房吉金圖二册初拓本

此最初拓本也。稍後拓者，齊侯罍增入阮文達跋及小簡兩頁，格伯簋增入朱善旂跋，大吉壺坿有尺式者增入鄭國基跋，又吴榮光跋後增入貝墉看款、葉志詵跋，又有增刻一二印章者。此皆空石未刻，真初本也。壬申六月。

日本木刻本改陽識，易名《曹氏吉金圖》，近吴門有翻本。

翠微亭題名拓本

仲坰近得是拓，爲録六舟舊跋如右。丁敬身《武林金石記》誤「與孫志同五日」之「五」字，又空一格，亦未見拓本也。韓彦直撰有《橘録》，刻入《百川學海》中，是能自致不朽者，不必以蘄王之子而見重耳。更年。

墓銘舉例四卷舊寫本

此竹垞老人暴書亭藏書也。卷一自一頁至十三頁，審係老人手寫，其餘則鈔胥所録也。跋尾九行，亦老人真蹟。老人書法秀勁，惜墨如金，何人以濃墨加肥，致汙名翰，可爲歎惜。幸後半無恙，猶存老人之真，足資辨識。余舊藏《蘭亭續考》，前半亦老人自書，後半與此同出一手，蓋一時所傳録也。夆連記之。癸酉十一。

嬰闇題跋書後

昔漢劉子政校中祕書，每書就，輒撰爲一録，論其指歸，辨其訛謬，斯實後世書跋之權輿。降及清代，如紀河間、周鄭堂之倫，實達其恉。至於考板刻之異同，述流傳之源委，則錢遵王《讀書敏求記》尚矣。其後黄蕘圃、吴兔牀遂成絶業，錢警石更多摭異文，近傅沅叔亦頗衍其緒，盧抱經、勞青主乃兼及燕居瑣節、氣候晴燠、友生過從，蓋其支裔寖廣矣。江都秦嬰闇先生，耽篇詠，擅藝事，尤殫精於金石録略，余心儀已久。比年同滯海上，未獲奉手，而先生遽歸道山。去夏丹徒尹石公先生介其哲嗣曙聲奉先生遺稿，謹誶校録，因得盡讀先生纂箸，撟舌怖偉，嘆仰彌襟。余不善韻語，於先生聲文無能爲役，若夫目録校讐之學，則臭味相同。先生題識，别槧本之良窳，詳得書之始末，大都猶是蕘翁家法，然亦兼記異字，旁涉起居，蓋盡納諸家於一冶者。顧蕘翁佞宋成癖，其餘各家亦多限於舊槧名鈔。先生中歲游湘，交葉奂彬氏，竝均不廢近刻，惟郎園亦僅下逮乾嘉鴻儒詁經之編，詩壇點將之集，實爲標的，其藏目題記，咸堪覆按。先生則舉凡艱得之本，罕傳之帙，即屬時刊近著，靡弗博采，一皆載筆。於寂没之藏家，卑微之削氏，亦不憚概其生平，徵其逸事，蓋不但廣異聞、資談助已也，俾其人胥得附此以傳，不致有姓氏湮如之歎，匪惟宅心篤厚，抑亦鰓理存焉。不揣譾劣，竊系片言，用申嚮往。當世治流略之君子，倘亦有取于斯乎。戊戌新春，雲間後學周大烈遏濳謹識。

嬰闇居士自序

嬰闇居士者，質直人也，通脱無拘檢，意謂世之人無不可坦懷相與，即入世不相中，亦終不易其度焉。生平足跡半天下，吴楚燕趙，百粤三湘，皆嘗一再至，且交其勝流，以詩詞相倡和。喜治目録版本之學，得錢輒市書，歷三十年，得萬餘卷。趣尚雅近葉石君，凡名人舊藏有其批校題記者，雖斷編零卷，亦寶之如頭目。所爲諸書跋尾，同好每傳録之。旁及金石，自彝器欵識以及漢魏以來石刻，遇舊拓即收之，纍纍滿篋笥。以欵識之多僞刻也，撰《金文辨僞》一卷，以漢碑奥博不易悉解也，撰《漢碑集釋》，發凡起例，一仿羣經義疏，積稿已盈尺許，先以所輯《華山碑》考證出於阮文達《華山碑考》外者，次爲《續考》四卷行於世。近歲客海上，始蓄泉，意在研索歷代制作文字，貴精不貴奇，而去僞務盡，所購迄未盈千。嘗論古泉笵，以爲隋代爲古今一關鍵，蓋自秦至北周皆先笵金爲凸文，又合土爲凹文以鑄之，故有笵流傳，觀於秦半兩、漢五銖、常平五銖、永通萬國諸銅笵可證也。隋唐以下，則先刻樣，次鑿祖錢，次翻砂爲母錢，然後以母錢印於砂以鑄之，遂不復有笵。證以唐初進蠟樣，宋徽宗時刻木樣見《續夷堅志》，高宗時呈牙樣見《玉海》，牙樣之制，至清代猶然，可信也。秦前僅見一齊刀笵小布，每笵而異，殆一布一笵，且鑄且毁歟。又言小布面文大抵爲三晉地名，其中自多沿襲舊稱，獨安陽之名，始於秦昭襄五十年，則小布之鑄，自在列國時，其他化布最遠亦不出周代，若東周、西周二泉，據《史記·韓世家》《魏世家》之文，並爲地名，正不必傅會鎬洛也。又言蔡鐵耕以古泉考權制，據《漢志》《唐六典》所載，漢唐權皆以秬黍起數，但唐以漢三兩爲一兩爾。今權與唐權同，依此計之，漢權一兩當今權三錢三分三釐三毫，而今取新莽貨布凖以今權，漢之一兩乃至四錢四分一釐六毫，竟與載記不合。夫秬黍實物也，漢唐無不同之理，不知何故差池，尚待推究，於以見考古之難也。近頃賞翫孫吴大泉五百、當千諸品，有感於朱據之事，慨歎不已，因賦詩以見意。此外所爲説尚多，兹略著一二以存其概云。居士氏秦名更年，字曼青，亦曰曼卿，江都人。

録自丁福保《古錢大辭典拾遺》，醫學書局一九三九年版。

嬰闇題跋新輯

漢雋 宋刻本

右《漢雋》十卷，宋林鉞撰。書成於紹興壬午。越十七年，魏汝功守徐州序刻之。又五年癸卯，蔣鶚刻置象山縣庠，楊王休爲之題後。至嘉定辛未，浚儀趙時侃又重刻焉。徐州本未見著録，象山所刻即此本也。《天禄琳琅續編》四載有兩部，「前紹興壬午鉞自序，後淳熙戊戌魏汝功序，又淳熙十年楊王休題。又記『象山縣學《漢雋》，每部二册，見賣錢六百文足。印造用紙一百六十幅，碧紙二幅。賃板錢一百文足，工墨裝背錢一百六十文足』，列銜『從事郎知明州象山縣主管勸農公事兼主管玉泉鹽場蔣鶚，迪功郎明州象山縣主簿徐晟，鄉貢免解進士縣學長章鎔校正。鄉貢進士門生樊三英校正』」。又一部「楊王休序及附記工價俱脱佚」云云。此本前序及附記已失，幸楊王休題完好無恙，得以知其爲象山刊本。篇中宋諱多闕筆，至「敦」字則不闕，亦刊自淳熙之證。惟《天禄琳瑯》於板式行款未經記載，考之瞿氏《鐵琴銅劍樓書目》載有嘉定本，云林鉞自序，魏汝功後序，趙時侃題記，半頁九行，大書分注，每行大字十五，小字三十，首行標漢雋卷第幾，次行低二格列目次，畢，低四格列篇名，下接本文，猶存古本之式。按之此本，一一吻合，蓋此本及嘉定本皆從徐州本出，故前序悉同，後跋各異也。己未冬仲收於長沙，明年二月裝成，因述其刊刻源流如此。嬰闇。

李義山詩集朱鶴齡注本

此陸士坊過録錢良擇、馮武兩家評點本也。馮孟亭浩《玉谿生詩集注》凡例列舉各評點本，自錢龍惕以次凡十家，良擇一家在焉，注中間有采擇，但僅窺豹一班耳。近巴陵方柳橋功惠刻義山詩三色印本，其中竹垞評語，核之此本，悉爲良擇之説。疑方氏所據底本出於書估僞爲，以不知良擇爲何人，遂以竹垞之名冒之。方氏不加深考，輒付剞劂，疎亦甚矣。然不見此本，亦無由辨之也。良擇字玉友，號木庵，性倜儻，遊歷幾徧天下，所至以詩酒與知名士相結，爲詩豪放感激，有《撫雲集》十卷、《出塞紀略》，選唐詩《審體》。武字賓伯，號简緣，爲巳蒼、鈍吟二馮君猶子，撰有《書法正傳》二卷，著録於《四庫》，又有《遥擲集》十卷。士坊字艮序，號茨山，乾隆十二年舉人，有文譽，不得志，早逝。皆常熟人。壬申仲冬得於上海，明年上元後一日付工重裝成，因考其略，識於首册福頁上。嬰闇居士東軒雪窗書。

笠澤叢書 碧筠草堂本

癸酉二月十日，友人陳君澄中招飲，出睞顧氏碧筠草堂本《笠澤叢書》兩部，一桃花紙，一皮紙，並皆精妙。一本後附木刻啓事一則云：「是書刊刻加□□□□刷印未廣，近有維揚賈人翻板射利，字畫惡劣，風神頓失，恐博雅君子誤認爲碧筠草堂原本，先此奉白。續有《叢書考異》一卷嗣出。」首行脱失四字。余向謂陸氏翻刻顧本，初並覆刻顧本封面，於是乃信而有徵。而顧陸兩家當時有此一重公案，亦足爲書林軼聞。醉歸，亟誌於藏本之末。惟《考異》一卷未見傳本，殆如繆氏仿宋本《李太白集》，所謂《考異》者，徒虚有其目耶。石藥翁燒燭記。

藏書紀事詩

王聞遠《金石契言》云：「宋蔚如名賓王，起家市井，性嗜奇書，無力搆弃，則百方丐鈔，惟以搜羅遺佚，訪求放失爲事。鰥居無子，憑權奇以糊口，竭力營葬先世之棺。」見《東湖叢記》，鞠裳已引之。沈起元《字體辨譌序》云：「余先大夫之外祖父莊谿王先生嘗著《説文論正》，爲書數萬言。里中宋子蔚如一見驚喜，手繕訖，乃歎坊本《四書》謬譌，貽誤後學不少，宗其説爲《字體辨譌》。蓋自篆而籀，自籀而隸，自隸而楷，有累變而不失其宗者。得蔚如是書，使人知偏旁點畫有毫不可苟者，蔚如之爲功於小學切矣。蔚如奇士也，少孤，母孀居，終身不娶以奉母。家貧，日坐市肆營什一，肆中障小屏，書滿其案。市者至，趨出爲市，市已，即隱屏讀書。嚴寒溽暑，終夜不輟。初借書以讀，貲稍餘則購書。已而書略備，而於僻書未刻書，尤好之重之，窮晷繕録，卒乃爲里中書藪。士大夫求書及書肆所無，必如蔚如是訪。蔚如初未從師，久乃通大義，於水利興廢、典故沿革、儒先語類、明季遺事，尤珍重考核。昔年牧令修《鎮洋縣志》，顧行人引致纂修，實多所訂正。今蔚如老且病，無後，所購書行散佚。余因序《辨譌》一書而並及之，使後之人知吾州有宋蔚如其人也。蔚如，名賓王。」見《湖海文傳》。兩家於蔚如家世行誼，叙述甚詳，皆不言其名字外有别號也。其手校之書，跋尾題署見於著録者，亦不見其有别號也，而黄蕘圃《藏春集》跋乃有婁東宋氏必宋定國賓王之語，葉緣裻撰《藏書紀事詩》，引蕘圃此跋，雖致然疑，而卒從其説。昨年有某故家散出鈔校本多種，中有蔚如手校之本，鈐有名字小方印，余細審之，不覺憬然而悟，爲之擊几大笑，知蕘圃之誤有由來也。印爲白文，唯「王」字作朱文，「賓」省作「宊」，如「定」字之反，「王」作「国」形，如俗書之「國」。蕘圃稱曰定國，殆由誤識篆文。夫自後徵前，必憑記載，蕘圃後於宋氏五六十年，與吾輩今日後百數十年者，正復無異。同時王、沈既未言其别有定國之名，則蕘圃從何而得。以此推勘，蓋可無疑。昔吾鄉阮文達公編刻《華山碑考》，於嚴鐵橋篆文題識，誤「宗人」爲「定九」，同一辨篆不真，足資談塵，然不足爲病也。特數年疑滯，一旦釋然，竊用自喜，惜不能起緣裻於九原，爲一解此惑也。書宋賓王一首後。

以上録自《青鶴》半月刊。

禮箋三卷 清乾隆刻本

往在湘時，葉奂份謂我「清代經學各書有極難得者，如金榜《禮箋》、張皋文《儀禮圖》，求之廿餘年始終獲插架」云云。余此本得之盱眙王氏，《儀禮圖》阮刻本至今猶未購得，奂份之言不虚也。此本爲寶應劉叔俛恭冕舊藏，卷二《弔服》篇眉端有校語三條，即叔俛手記，其曰「先子《論語疏》詳言之」者，即謂其尊人楚楨先生《論語正義》也。丁卯十月十九日，燈下檢閲漫記。嬰闇居士。

司馬氏書儀十卷 清雍正刻本

《司馬氏書儀》十卷。癸酉十月得于上海來青閣書坊。舊藏之王謙齋，合肥詩人也。嬰厂居士記。

六書音均表五卷阮元校本

此阮文達校讀本也。觀其題識印章，蓋公督學浙江時，李嗇生以此寄贈。時公年力方盛，讀書勤敏，凡茂堂於經傳子騷用韻徵引有不及者，悉爲依次補入，每部所配入聲亦多改回分隸。皆注曰「王云」，殆本於王懷祖耶。意公生平手校之書，當必甚夥，而余蓄書數十年從未一遇。選樓一炬，藏弆俄空，故流傳絶少。荀齋於無意中購得此本，攜以見示，爲之歎羨不置。名賢手蹟，其善寶之。戊子夏六月，更年記。

觀妙居日記不分卷清嘉慶鈔本

《觀妙居日記》，李尚之撰，吴春生手録，陶筠茮、夏方米跋，袁漱六舊藏。己未秋日得於湘潭農家，明年冬至長沙寓齋重裝題記。更年。

書目答問四卷叢書目一卷別録一卷國朝著述諸家姓名略一卷輶軒語七卷 清光緒刻本

右録湘潭葉郎園校注及跋尾。郎園博聞强識，於書無所不窺，尤喜治目録版本之學，往客湘中，時獲奉手，清談娓娓，終夕不倦。今年三月遇害長沙，其從子巁甫、定侯兄弟避地來申，行篋中攜有此本，因借之傳録一過。追念昔游，愴懷耆舊，擲筆爲之泫然。丁卯六月下澣，嬰闇居士。

既録成之後兩旬，定侯又自湘中取來最後校定本，更竭三日之力補録之，并迻寫其跋尾，郎園此書校本莫詳於是矣。嬰闇又記。

竹汀先生日記鈔三卷 清光緒刻本

同光以來談目録版本者，必以藝風繆先生爲之職志。予來扈上，先生已歸道山，未獲一接其言論丰采。讀所校刊各書，校訂精審，皆臻至善，沾丐後學，寧有涯涘。而扈上富人之解藏書刻書，亦皆先生有以倡之，得不謂爲書林之德星歟。此册乃先生手録潘文勤評語，間坿己説，嗜書之士所當取資也。予比得先生舊藏漢碑數十種，又獲借觀是册，因識數語以志幸。癸亥四月下旬，嬰闇記於海上睡足行軒。

雪堂遺墨一卷 手稿本

往歲愛儷園主人翔立廣倉學宭，鄒適廬與於其事，爲編印《藝術叢編》，又爲羅雪堂印所著書數種，用玻璃板，紙墨倍極精好。時雪堂方居日本西京，自行選工督印，但由廣倉供給資費耳。近仲坰購得雪堂與適廬手札一束，於此事言之甚詳，並坿書目及書板式樣等十紙。手札經同好分取，所留已付工別裝，坿件則粘爲此册。雪堂書法雅近葉東卿，踈行細字，殊可喜也。丙戌中秋，嬰闇居士秦更年獲觀因記。

新編音點性理群書句解前集二十三卷元刻本

宋槧《性理群書句解》廿三卷，凡六册，舊爲錢叔寶、錢遵王及翰林院遞藏，希世秘本。己未十月朔日，江都秦更年購於長沙肆中，永明周薈生編修鑾詒家散出者。越三旬裝成，聊識歲月於此。

長沙葉郎園吏部頃自吴門歸來，過予洪家井寓舍，觀此書，謂予曰：「繆小山藏有一本，載在《藝風藏書記》，詫爲驚人秘籍。」又曰：「周子《太極圖》《通書》世無善本，盍景寫單刊，以廣其傳。」予首肯之，顧以碌碌鮮暇，又無餘力供剞劂資，姑識其言，以俟異日。立春日又書。

齊民要術十卷雜説一卷清光緒刻本

此農家書之最古者。其於耕耨糞壅，皆有定法，以視近時取法異邦者，大略相類。如農作深細，收穫增加，説亦正同，惜無人切究之耳。嬰闇。

淮南子二十一卷 清乾隆刻本

莊刻《淮南子》校讎未善，頗爲識者所譏。曩讀盧抱經學士文集《淮南子跋》，謂有校本，曾爲吾家敦夫太史傳之，跋尾自言可稱善本，則其校訂之精審，概可想見。今年夏，吾友吴眉孫庠收得陳碩父明經奂校北宋小字本，一日會飲，出以相示，群相夸嘆。余語以紹弓學士有精校之本，倘一旦復出，真乃大快。此特一時之戲言耳。及入冬，有估人朱姓者自南京來，言《黄氏逸書考》板片爲彼購得，因遭水厄，湮失數百板，亟待補刻。知昔年王翁廷太守鑒補刻完具，爲余所助成，仍冀余爲之贊畫，並攜來莊刻《淮南子》一部相詒。開函諦視，赫然紹弓學士校本也。册首有「石研齋秦氏印」朱文長方印，末册尾亦有之，又有「小淮海」朱文長印，確爲吾家太史故物，驚喜過望，輒以重值酬之。卷中用朱筆校訂正文，皆學士親筆，上下方以墨筆録校語，則别爲一人。時學士主講龍城書院，殆院中肄業者所爲，據跋，校語出於趙文學、孫侍御、梁孝廉諸家，而其中於孫、梁皆注以姓，趙則略之，蓋已與學士混而一之矣。吾家太守又爲之補校，凡百數十簽，皆粘附卷内。序目後有墨書跋尾九行，即《抱經堂集》中所載，小楷精整，爲人所代書。册末朱書跋尾五行，乃學士手蹟，學士以太史之父執，值望八之高年，點筆研朱，躬自勘正，不以篋藏自秘，惟期善與人同，逸韻通懷，流風足式。惟學士自藏之本，今流傳何處及存否不可知，則此本駸駸乎爲海内孤帙矣。昔日戲言，竟成真諦，長恩默佑，遘此奇逢，趙璧完然，復歸故土，感必有應，思能通神，理所或然，緣真非淺。異日倘有餘力，合之陳校北宋本，彙編刊傳，爲丙部增一善本，亦大佳事。特卷帙繁重，願大難償，姑識於此，以爲息壤云爾。更年。

陳君澄中叚余藏本傳校，復索録舊跋，因手寫詒之。從此人間增一福本，湮没之虞，庶乎可免。癸酉閏月下旬，嬰闇又記。

佛説大乘造像功德經二卷宋刻本

右宋刊藏經一帙，首尾完具，中闕三四兩板，共五開。帙末題字爲日本建長七年乙卯，當宋寶祐三年，距今六百七十三年矣。戊辰秋九月，嬰闇居士記。

重刊校正笠澤叢書四卷補遺一卷續補遺一卷 清大叠山房刻本

上海肆出吾揚馬氏叢書樓鈔本，據池北書庫本傳録者，編次異同，略如漁洋跋所言。首行書題「笠澤叢書甲」，次行結銜「平原陸龜蒙字魯望自號天隨子」，乙丙丁三卷無結銜，丁卷《野井》詩後缺十二行，此本銜接無間，失原編面目矣。抄本字句頗多勝處，因竭半日之力校一過，并録諸跋於後。時壬戌重九後二日也。江都秦曼卿記。

丁卯十月，石藥簃重裝。

友人吴眉孫近得一顧刻本，評點完具，目録後録漁洋兩跋，卷末補録王益祥跋及《補遺又續》，又依陸本補《小名録序》。前有「婁江陸潤之鑒藏印」朱文長方印、「聽松老人」白文方印，疑評點即出潤之手。潤之嘗校《春秋繁露》，爲盧抱經所采，蓋精於校讎者。《補遺又續》録自都本，卷中亦有據都本校正處，似都嘗有刊本，而今世竟鮮藏者。《又續》各詩諸本咸缺，即許珊林本蒐羅最備，顧亦無之，則此校殊可貴也。漁洋本彼雖曾見之，而所校不若余之詳悉，合之誠兩美矣。王跋視許刻字句微有异同，無關要義，不復録。癸酉四月迻寫畢，漫識其原委如此，距余初校時十有二年，余亦年垂五十矣。

危太僕雲林集不分卷 清鈔宋犖跋本

牧仲手跋紀年庚寅，爲康熙五十二年，是歲先生年七十七，劬學澤古，耄而不倦如此。書衣書脚均牧翁先生手蹟。

述學內篇三卷外篇一卷 清刻本

此《述學》弟一刊本，小宋字極精，流傳亦最罕。阮文達公舊藏，有「孿經室」印記。「藏山」一印，乃梁節庵鼎芬收藏印也。

松鄰遺集十卷 民國刻本

十二月廿一日，晤於陳氏荀齋，始識面。

丙子冬日葉揆初太史所贈，同時并遺余張茗柯《説文諧聲譜》，余以所刻《韓詩外傳》報之。

聲畫集八卷

竹垞故物，漁洋題字。面葉隸書，竹垞老人筆也。

昭忠逸詠一卷補史十忠詩一卷宋遺民廣録姓名總目一卷謝皋羽天地間集一卷 清鈔本

按劉水村壎，字起潛，南豐人，元延平路教授，著有《隱居通議》《水雲村泯稿》《吟稿》，道光間其裔孫斯嵋嘗刊《泯稿》《吟稿》行世。《十忠詩》蓋集外詩也。麟瑞號如村，爲壎次子，即撰《昭忠逸詠》者。李小有此編於水村父子前後失序，小有所撰《宋遺民廣録》亦子前父後，且謂水村爲如村之弟，謬誤殊甚，蓋失之於不考耳，亟識以正之。己巳冬十月，嬰闇居士。

數年前湖北估人田姓攜來《隱居通議》原稿兩巨册，乃其子如村手寫，書法雋逸，至可愛翫，以直昂不果購，今不知何往矣。憶及記之。

江西詩社宗派圖録一卷 清趙氏小山堂鈔本

朱墨筆實出一手，全書蓋皆勿藥所手録也。

以上録自《上海圖書館善本題跋真蹟》，上海辭書出版社二〇一三年版。

唐賈浪仙長江集十卷 明刻本

戊午冬在里門，書賈陸某來言寶應王氏有書待沽，聞之欣然買舟往，書凡百五十種，因論價不合，未能交易。今來滬上，獨搆此集，即疇昔所見百五十種之一，可見天下事物遇合自有其時，固不獨蓄書爲然也。辛酉祀竈先二日，大雪初霽，展閲漫書。江都秦更年。

録自《「國立中央圖書館」善本題跋真跡》，「國立中央圖書館」一九八二年版。

漢刻五種

此漢趙恭石闕，在嘉祥姚官屯，後有門生題名，係二石，刻法平淺，與武綏宗所造闕銘同。

「漢從事椽武府君諱梁字綏宗之神座」篆文一行，右側小字一行曰「元嘉元年造」。居人取土于武氏塋域隧道得之，面平闊六寸，背圓形如折柱，鋭首似圭，有圓孔可容指，四面通透，高二尺四寸，蓋石主也。陳棟基

案陳氏所記與原文不符，殆别有所本歟。記以俟考。

錄自南開大學圖書館藏本。